Gerichtsheld

PAUL A. BECK

Gerichtsheld

Bibliografische Information der Deutschen Nationalbibliothek
Die Deutsche Nationalbibliothek verzeichnet diese Publikation in der
Deutschen Nationalbibliografie; detaillierte bibliografische Daten sind
im Internet über http://dnb.dnb.de abrufbar.

© 2017 Paul A. Beck
Satz, Umschlaggestaltung, Herstellung und Verlag:
BoD – Books on Demand
ISBN 978-3-7448-2758-4

Inhalt

Gerichtsluft

1

Am Montagmorgen gegen neun Uhr betrat Eva Brandes das Gerichtsgebäude. In der gläsernen Drehtür spiegelten sich ihre weiße Bluse und der beige, schmal geschnittene Sommerrock, die ihrer Erscheinung zusammen mit den Wildlederpumps und den matten Seidenstrümpfen etwas Offizielles gaben. Die Farben ihrer Kleidung setzten einen Kontrast zu dem braunen schulterlangen Haar, das sie im Gericht zusammengebunden trug. Die Strickjacke, die sie im Sommer fast immer bei sich hatte, fehlte heute. Schon die morgendlichen Temperaturen kündigten wieder diese drückende Hitze an. In der rechten Hand trug sie ihre mit Akten gefüllte Ledertasche, aus der die Tageszeitung hervorlugte. Sie grüßte die hinter schusssicherem Glas sitzende Pförtnerin mit einem freundlichen Kopfnicken, um dann im Fahrstuhl in die erste Etage zu verschwinden, wo sich ihr Büro befand. Sie schloss die Tür ihres Zimmers auf und hatte sofort den Duft in der Nase, der Gerichtsakten eigen war und der sie seit Jahren begleitete. Es war die Mischung von Papier, Staub und Pappe, hinzu kam der penetrante Geruch von kaltem Rauch, der sich in den Akten verfangen hatte, wenn die Sekretärinnen die Diktate der Richter mit Zigarette geschrieben hatten. Wie jeden Morgen öffnete sie die Fenster, spürte die warme Luft und wandte sich für einen Moment dem Innenhof zu.

Das Telefon klingelte. Sie schaute auf das Display, das den 4.7.2011 und die Rufnummer 201 anzeigte. Sie wusste sofort, dass es die Präsidentin war, die wie jeden Montagmorgen an den jour fixe um 10.00 Uhr erinnerte. Nicht etwa, dass das Obergericht neben dem Präsidenten noch eine Präsidentin an der Spitze des Hauses gehabt hätte. Die Bezeichnung »Präsidentin« war dem einfachen Umstand geschuldet, dass der Präsident seit Jahren eine außereheliche Beziehung mit seinem Vorzimmer unterhielt. Die symbiotischen Gepflogenheiten des Liebespaares und ihre Vertrautheit miteinander hatten bei den Gerichtsangehörigen nicht nur den Eindruck eines Ehepaars entstehen lassen, sondern dass die Weichenstellung für so manche bedeutende Angelegenheit letztendlich auf der Einflussnahme der Präsidentin beruhte.

Zu Beginn der Montagsbesprechung begrüßte der Präsident Eva mit den knappen Worten: »Ein schönes Wochenende gehabt, Frau Brandes«. Dies war mehr die Feststellung als die Frage, denn der Präsident wusste, dass Eva seit geraumer Zeit wieder allein lebte, was für ihn, der mit zwei Frauen lebte, eine schier unvorstellbare Situation war. »Ja, danke, das Wetter war sehr schön«. Mehr gab es aus Evas Sicht hierzu nicht zu bemerken. Es hätte auch niemanden interessiert und war auch keiner besonderen Erwähnung wert, wie ein sonniges Wochenende war, an dem sie hauptsächlich Arbeitsrückstände der vergangenen Woche erledigt hatte. Der Präsident fuhr fort: »Der Arbeitsplan für diese Woche – bislang nichts Besonderes. Meine Termine können Sie dem elektronischen Kalender entnehmen«, auf den Eva uneingeschränkten Zugriff hatte. »Heute ist wieder eine Unmenge von Beschwerden und anderem Unsinn in der Post …, die hatten bei dem schönen Wetter am Wochenende wieder nichts Besseres zu tun als sich über die Justiz zu beschweren. Schauen Sie mal in Ruhe durch, ob was mit Substanz dabei ist; Sie wissen schon …, muss in einer halben Stunde im Ministerium sein, bin erst morgen wieder im Hause«. Und schon war er mit einer geschmeidigen Bewegung aus seinem Präsidentenzimmer verschwunden. Obwohl der Präsident kurz vor dem Ruhestand war, hatte er immer noch eine bemerkenswert stattliche Figur. Wahrscheinlich war es das unaufhörliche Interesse an Frauen, das ihn äußerlich diszipliniert hatte und den Festpolstern keinen Raum ließ.

Eva ging zurück in ihr Büro. Die prallgefüllte Mappe mit der Gerichtspost vom Wochenende nahm sie mit und legte sie in die Mitte ihres Schreibtisches. Sie schlug die Ledermappe auf und fing an, den Stapel an Briefen und Faxen durchzusehen. Manche Schreiben überflog sie nur, bei anderen hielt sie inne und las jeden Satz genau. Das Telefon klingelte, ohne dass das Display eine Rufnummer anzeigte. Sie wunderte sich, weil sie keinen Anruf erwartete. An sich war es Aufgabe des Vorzimmers, externe Anrufe an sie durchzustellen. Doch sobald der Präsident nicht im Hause war, hielt sich die Präsidentin für Stunden andernorts als im Vorzimmer auf und konnte keine Telefonate entgegen nehmen. Eva hatte dann jedenfalls Ruhe vor ihr. Ihr Verhältnis zueinander war mehr als

angespannt. Zwischen den beiden Frauen stand die fortwährend Konkurrenz um die Gunst des Präsidenten.
Während Eva um Respekt und ihre Anerkennung als
Präsidialreferentin kämpfte, buhlte die Präsidentin jeden
Tag um diese einzigartige Aufmerksamkeit, die sich eine
Frau von einem Mann erhofft. Der Präsident aber hatte
ihr in all den Jahren nie die Gewissheit gegeben, dass
seine Hinwendung zu ihr ungeteilt sein könnte. Im Arbeitsalltag führte diese Situation zu ständiger Missgunst
und Neid.

Mit ihren erst 38 Jahren konnte Eva bereits jetzt auf
eine beeindruckende Justizkarriere zurückblicken und
hatte eine Perspektive, die noch mehr in Aussicht stellte.
Sie war Richterin am Obergericht und seit einiger Zeit
dem Gerichtspräsidenten als Präsidialreferentin direkt
unterstellt. Mit dieser Vertrauensstellung waren Aufgaben verbunden, die ihr der Präsident meistens persönlich übertrug. Hierzu gehörte es auch, sich um die
Angelegenheiten ihrer Richterkollegen zu kümmern.
Die unmittelbare Nähe zum Präsidenten neideten ihr
die Anderen. Im ständigen Umfeld des Präsidenten zu
agieren, war in den Augen ihrer Kollegen ein solcher
Vorsprung auf der Karriereleiter, der kaum noch einzuholen war, falls nicht ein Desaster ihr den Weg nach
oben zunichtemachen sollte. Und das schien zu diesem
Zeitpunkt noch im höchsten Maße unwahrscheinlich zu
sein. Mit ihrer Umsicht und Klugheit, ihrer Diploma-
tie und nicht zuletzt mit ihrem Charme hatte sie schon
so manche verfahrene Situation gerettet. Sie hatte ohne

Zweifel eine privilegierte Stellung im Gericht. Der Preis für diese Begünstigung aber war, dass sie die heikelsten Aufgaben im Gerichtsalltag bewältigen musste, manchmal fast unlösbare Probleme, die sich im Verlauf des Tages einstellten. Meistens waren es Konstellationen, die dem Ansehen des Gerichts erheblich schaden konnten, wenn es Beschwerden über ihre Richterkollegen gab, wenn verzweifelte Bürger zeitnahe Entscheidungen einforderten oder sich das Justizministerium über besondere Vorfälle berichten ließ. Daneben hatte sie, wie alle anderen Richter, über die in erster Instanz getroffenen Urteile zu entscheiden, die als Berufungen am Obergericht auf ihrem Schreibtisch landeten.

Das Telefon klingelte wieder mit diesem Ton, der verriet, dass der Anruf von außerhalb des Gerichts kam. Sie sah auf das Display; mittlerweile war es 11.30 Uhr. Eine Rufnummer wurde nicht angezeigt. Eva hob den Telefonhörer ab und sagte »Brandes«. Wenn sie Anrufe direkt auf ihren Apparat erhielt, meldete sie sich nie mit dem Namen des Obergerichts, denn Anrufe von Bürgern kamen ausschließlich über die hausinterne Vermittlung oder über das Vorzimmer. Am anderen Ende war es erst still, dann hörte sie einen Atem und plötzlich zischte jemand mit scharfer Stimme in ihr Ohr: »Feller hier«. Stille am anderen Ende. Eva war sofort konzentriert. Mit abwartender Stimme sagte sie »Guten Tag Herr Feller«. Wieder Stille am anderen Ende, dann sehr laut: »Na, haben Sie schon die Post durch?« Eva war sehr kurz gehalten »Herr Feller was wollen Sie?« »Was ich will?«, brauste er auf. »Das wissen Sie ganz genau! Ich will endlich eine Entscheidung in meinen Sachen, ich will ein Wiederaufnahmeverfahren, ich will eine Entschädigung für all das, was Sie und ihre Richter mir angetan haben, wegen Nichtstun und Schlamperei an ihrem Gericht. Ich will, dass Sie über meine Berufungen, Dienstaufsichtsbeschwerden, Befangenheitsanträge, Anhörungsrügen und alles andere, was immer noch offen ist, endlich entscheiden, und das alles sehr plötzlich!«

Eva blätterte währenddessen die Postmappe weiter durch. Tatsächlich, da waren sie, etliche per Telefax eingegangene Schreiben von Horst Feller, c/o Kleingartenkolonie e.V. »Zur Glückseligkeit«, alle datiert am Sonntag, den 3.7.2011. Sie erkannte seine Schreiben sofort an dem auffälligen Schriftbild, das durch Unterstreichungen, Ausrufezeichen, Blockschrift, Fettschrift in 16er Größe auffiel und sich am Ende in haltlosen Anschuldigungen und Beleidigungen gegen Richter erging. Derweil ließ sie Feller am anderen Ende weiter ins Telefon brüllen, hielt den Hörer fern von ihrem Ohr und überflog kursorisch Fellers Faxe, deren Inhalt und Sinn sich ihr auch an diesem Tag kaum erschloss. So waren viele Telefonate in den letzten Jahren verlaufen.

Es war leider einem Zufall geschuldet, dass Feller an die Telefonnummer ihres Apparats gelangt war. Riefen Bürger im Gericht an, um sich zu beschweren oder nach dem Bearbeitungsstand ihres Rechtsstreits zu fragen, bekamen sie so gut wie nie Richter zu sprechen. Meistens waren sie ohnehin nicht im Gericht. An sich war es Aufgabe der Geschäftsstelle, Bürger zu vertrösten. Einmal hatte eine neue Justizangestellte einen Fehler gemacht. Als Eva nicht im Gericht war, rief Feller an. Sie gab ihm arglos Evas Durchwahl als er danach fragte und wusste nicht, dass Feller inzwischen ein gerichtsbekannter Dauerkläger war. In letzter Zeit waren viele seiner Anrufe sehr aggressiv verlaufen. Da Feller keiner Argumentation zugänglich war, hatte es auch keinen Sinn, mit ihm zu diskutieren. Die Telefonate endeten immer auf dieselbe Art und Weise. Irgendwann kündigte Eva an: »Herr Feller, ich sehe keinen Sinn darin, dass wir weiter telefonieren. Ich werde das Gespräch jetzt beenden.« Ohne dass sie irgendeine Reaktion Fellers abwartete, geschweige denn, dass dieser seinen Redefluss unterbrach, legte sie den Telefonhörer auf.

Diese Telefonate waren belastend und machten Eva wütend, auch wenn sie ihre Gefühle nicht offen zeigte, sondern inzwischen akzeptiert hatte, dass dieser Ärger Teil des Jobs war. Doch hatte das alles noch irgendetwas mit jener Idee von Gerechtigkeit zu tun, an die sie als Studentin geglaubt und sich später mit Leidenschaft für die Justiz entschieden hatte? Selbst diesem Gedanken konnte sie nicht weiter nachhängen, da fing das Telefon wieder an zu klingeln. Jeder andere Anrufer hätte spätestens nach viermaligem erfolglosen Läuten aufgelegt, doch nicht Feller, dessen Hartnäckigkeit und Verbissenheit grenzenlos war. Er ließ das Telefon endlos läuten. Nahm Eva den Hörer ab, hatte er gewonnen. All das gehörte zu seiner Strategie und war Teil seines persönlichen Kleinkriegs mit der Justiz. Doch diesen Triumph gönnte sie ihm heute nicht. Sie schaute auf ihre Uhr. Es war schon nach 12.00 Uhr, also Zeit für die willkommene Mittagspause, die heute eben etwas früher als gewohnt stattfinden musste. Sie stand auf, packte einige Akten in ihre Tasche und schloss ihr Büro ab. Sofort verstummte der Klingelton hinter der schallgedämmten Holztür. Da der Präsident heute Nachmittag ohnehin nicht im Gericht sein würde, konnte sie auch zu Hause auf ihrer Terrasse arbeiten. In der Mittagshitze verließ sie das Gerichtsgebäude durch den Seiteneingang.

2

Von der Hitze des vorangegangenen Tages war nach einem nächtlichen Gewitter kaum noch etwas zu spüren. Als Eva am Dienstagmorgen wie üblich im Gericht war und die Fenster ihres Büros öffnete, damit sich der stickige Duft von Akten verflüchtigte, rief das Vorzimmer an. »Frau Brandes, der Präsident möchte Sie sprechen«. »Wann bitte?«, fragte Eva. »Sofort«, entgegnete die Stimme am anderen Ende im bestimmenden Ton.

Mit einem Gefühl von Unbehagen betrat sie die Räume des Präsidenten. Die Intimität eines Wohnzimmers, die Präsident und Präsidentin in ihrer Zweisamkeit geschaffen hatten, berührte Eva unangenehm und passte nicht zu einer neutralen Arbeitsumgebung. »Bitte nehmen sie

Platz, Frau Brandes«. Eva setzte sich auf ein Sofa mit blumigen Muster, das mit Sicherheit auf die Auswahl und Vorliebe der Präsidentin zurückging. Der Präsident nahm ihr gegenüber auf einem Sessel mit demselben bunten Stoffbezug Platz. »Der Besuch gestern beim Staatssekretär war wenig erfreulich«, fing der Präsident direkt und ohne einleitende Worte an. »Das Ministerium hält die Dauer unserer Gerichtsverfahren für viel zu lang und die Erledigungszahlen im Vergleich zu anderen Gerichten für zu gering. In letzter Zeit häufen sich Beschwerden von Bürgern, die Petitionen im Ausschuss des Landtags einlegen, weil sie eine schnellere Gerichtsentscheidung einfordern. Das ist politisch brisant und kann der Regierung schaden. Das Ministerium bittet um einen umfassenden Bericht mit Vorschlägen, wie das Problem in den Griff zu bekommen ist – Punkt 1«. Eva machte sich nebenbei Notizen über den soeben an ihre Adresse gerichteten Arbeitsauftrag. »Punkt 2«- fuhr der Präsident fort, dann kam eine Pause, währenddessen er sich räusperte. Eva blickte auf und meinte eine Unsicherheit in der Stimme des ansonsten so souverän wirkenden Präsidenten zu hören. »Ich habe über meine Nachfolge mit dem Staatssekretär gesprochen«. Der Präsident sprach diesen Satz mit leiser, fast heiserer Stimme; er schien ihn kaum über die Lippen zu kommen. Eva sah nach unten. Am liebsten hätte sie den Präsidenten gefragt: Wer soll's denn werden? Doch das wäre distanzlos und unpassend gewesen. »Wir werden das Bewerbungsverfahren um meine Nachfolge sofort gerichtsintern bekanntgeben. Es soll ein offenes Verfahren werden. Frau

Brandes, ich möchte Sie bitten, das Notwendige hierfür zu veranlassen. Wegen des Berichts zur Verfahrensdauer an das Ministerium komme ich noch auf Sie zu. Die Ausschreibung hat jetzt erste Priorität. Das ist alles für heute. Vielen Dank«.

Auf diese Nachricht hatte das Gericht schon seit Wochen gewartet. Der Präsident hatte den bevorstehenden Wechsel in der Gerichtsleitung zum ersten Mal von sich aus erwähnt. Keiner der Mitarbeiter des Gerichts hatte es bisher gewagt, das Wort Ruhestand in seiner Nähe auch nur auszusprechen. Ungeachtet dessen war dieses Thema bei den Gerichtsangehörigen schon seit Monaten in aller Munde. Eva war sich sicher, dass einige ihrer Kollegen bereits Wetten auf den potentiellen Nachfolger abgegeben hatten. Für ihre Richterkollegen würde die Stellenausschreibung der offizielle Startschuss für einen subtilen Konkurrenzkampf untereinander sein, der fortan den Gerichtsalltag bis zur Ernennung des Nachfolgers bestimmen würde. Eva ging zurück in ihr Büro. Sie wusste, die Zeit stand jetzt auf Veränderung.

Sie setzte sich auf ihren ledernen Drehstuhl, hatte das Fenster weit geöffnet und schaute auf eine Reihe von großen alten Kastanien. Dabei gingen ihr einige Gedanken durch den Kopf. Der bevorstehende Wechsel in der Präsidentschaft könnte auch für sie unkalkulierbare Folgen haben. Würde sie überhaupt noch das Privileg der Präsidialreferentin haben oder musste sie sich wieder in die Reihe ihrer Kollegen stellen, die unermüdlich gegen

Aktenberge kämpften, ohne dass Aussicht auf Besserung bestand? Der Arbeitsauftrag des Präsidenten, dem Justizministerium Vorschläge zur Verfahrensverkürzung zu unterbreiten, war sinnlos, wenn die Politik nicht bereit war, in die Justiz zu investieren und die Gerichte mit einer ausreichenden Anzahl von Richtern auszustatten; nur so konnte die Effizienz des Rechtsstaats deutlich gestärkt werden. Wenn es als Richter kaum noch möglich war, sich ausreichend Zeit für die sorgfältige Bearbeitung eines Rechtsstreits zu nehmen, so blieb erst Recht keine Zeit, sich mit dem Unsinn von renitenten Bürgern zu befassen, die nichts Besseres zu tun hatten, als jeden Mist einzuklagen. Menschen wie Feller, und der war nicht der Einzige, konnten das System lahm legen, indem sie die Justiz überschütteten und den Richtern die wertvolle Zeit raubten, die sie benötigten, um dort Rechtsschutz zu gewähren, wo er wirklich benötigt wurde. Sie hatte nicht zehn Jahre akademische Ausbildung hinter sich gebracht, um ihre Zeit mit hirnrissigem Blödsinn auf niedrigstem Niveau zu vergeuden.

Zu solcher Einsicht hatte Eva erst die Routine des Gerichtsalltags gebracht. An sich hatte sie ein sehr ausgeprägtes, fein differenziertes und ausgewogenes Gerechtigkeitsgefühl. Sie war sich ihrer Verantwortung als Richterin bewusst und hatte ein treffsicheres Gespür, das ihr half, die Bedürfnisse und Wünsche von Menschen lebensnah zu erfassen. Im Referendariat hatte sie die Ausbildungsstationen beim Gericht besonders geliebt. Die Hektik auf den Gerichtsfluren, die vor den Gerichtssälen wartenden Menschen, die unermüdlich telefonierenden Rechtsanwälte in ihren schwarzen Roben hatten bei ihr irgendwann das Gefühl aufkommen lassen, »dazugehören« und Teil des Justizsystems werden zu wollen. Nach zwei hervorragenden Staatsexamina hatte sie wählen dürfen, auf welcher Seite sie stehen und welche Rolle sie zukünftig spielen wollte. Sie hatte sich für den Richterberuf entschieden und den Richtereid auf die Verfassung geschworen, denn mit der Idee des modernen demokratischen Rechtsstaats konnte sie sich bedingungslos identifizieren. An manchen Tagen bezweifelte sie jedoch, ob ihre Berufswahl noch ihren Idealen entsprach, mit denen sie damals ihren Beruf engagiert aufgenommen hatte.

Ein starker Windzug ließ das Holzfenster plötzlich laut zufallen und holte sie aus ihren Gedanken zurück. Sie musste sich um die interne Ausschreibung der Präsidentenstelle kümmern. Das nahm nur wenig Zeit in Anspruch. Sie schrieb lediglich Arbeitsaufträge in einen Aktenvorgang, die von ihren Mitarbeitern erledigt wurden. Schon vor geraumer Zeit hatte sie sich alte Bewerbungsvorgänge um die Präsidentenstelle aus dem Archiv des Gerichts kommen lassen, weil sie wusste, dass es irgendwann schnell gehen musste. Spätestens morgen früh würden aller Richterinnen und Richter eine e-mail in ihrem elektronischen Postfach vorfinden, die sie zu einer Bewerbung um die Nachfolge des Präsidenten einlud, vorausgesetzt, sie meinten, das Anforderungsprofil eines so bedeutenden Amtes erfüllen zu können. Eva schloss die Akte »Präsidentennachfolge«, fuhr ihren Computer herunter und verließ das Gerichtsgebäude mit einem vergnüglichen Schmunzeln im Gesicht. Wahrscheinlich würden sich mindestens zwei Drittel der Richter ihres Gerichts auf die Ausschreibung bewerben. Dies war ungefähr die Größenordnung jener Richter die meinten, das Gericht viel besser leiten zu können, als es der Präsident in den vergangenen anderthalb Jahrzehnten getan hatte.

3

Bewerbungsgesuche um die Nachfolge auf die Präsidentenstelle ließen nicht lange auf sich warten. Etwa vier Wochen später, nachdem alle Richterinnen und Richter über die Stellenausschreibung informiert waren, sichtete Eva die Eingänge. Wie nicht anders zu erwarten war, hatten sich mehr als zehn Richter und nur eine Richterin des Obergerichts um das hohe Amt beworben. Sie blätterte den Stapel der Bewerbungen durch und legte jene Gesuche nach unten, von denen sie glaubte, dass die Bewerber völlig ungeeignet waren. Dann nahm sie zwei Bewerbungen, die ihrer Meinung nach am Erfolgversprechendsten zu sein schienen und legte sie ganz nach oben auf den Stapel. Der Präsident würde sie in Kürze um einen Vorschlag bitten, wer als aussichtsreichster Kandidat dem Justizministerium präsentiert werden könnte. Darauf musste sie vorbereitet sein. Deshalb ließ sie sich zwei Personalakten aus der Registratur bringen. Auf den Vorblättern las sie die Namen: Vorsitzender Richter am Obergericht Dr. Walther und Vorsitzende Richterin am

Obergericht Koenig. Sie fing an, in den Personalakten zu blättern, bis sie auf die aktuelle Beurteilung von Dr. Walther stieß.

Das Telefon klingelte. Sie blickte auf das Display, das Mittwoch den 3. 8. 2011, 14.30 Uhr und einen externen Anruf anzeigte. Der Präsident war nicht im Hause; das Vorzimmer war wie üblich nicht besetzt. Eva ließ es klingeln. Nach viermaligem Läuten verstummte das Telefon. Inzwischen hatte Eva auch die aktuelle Beurteilung der Richterin Koenig in deren Personalakte gefunden. Sie legte beide Beurteilungen nebeneinander, um einen Eindruck zu bekommen, welche Beurteilung zuletzt besser ausgefallen war. Sollte der Präsident an dem Plan eines wirklich offenen Bewerbungsverfahrens festhalten, war die Qualität der jeweils letzten Beurteilung ein wichtiger Faktor bei der Bestenauslese. Das Telefon klingelte wieder; das Display zeigte keine Rufnummer an. Noch bevor es dreimal läuten konnte, drückte sie das Gespräch weg und legte den Telefonhörer kurze Zeit auf ihren Schreibtisch. Eine neue Auseinandersetzung mit Feller wollte sie vermeiden. Sie musste die wenigen ruhigen Stunden in der Abwesenheit des Präsidenten nutzen, um konzentriert zu arbeiten. Aber allein der Gedanke an Feller lenkte sie von ihrem ursprünglichen Arbeitsplan ab. Anstelle über die Konkurrenzsituation zwischen Dr. Walther und Frau Koenig nachzudenken, war Feller wieder in ihrem Kopf.

Sie stand auf, ging zum offenen Fenster und atmete die warme Sommerluft ein. War es jetzt schon so weit gekommen, dass sie Feller auswich, weil sie seine verbalen Attacken fürchtete? Wie konnte es sein, dass ihr ein einziger Mensch so viel Ärger bereitete. Feller war seit Jahren für sein unverschämtes Auftreten und seine schriftlichen Entgleisungen gerichtsbekannt. Vor ihrer Zeit als Präsidialrichterin hatte sie einige Male über Fellers Klagen in der ersten Instanz entscheiden müssen. Irgendwie hatte sie es geschafft, seine Verfahren einfach und schnell im schriftlichen Verfahren zu erledigen, ohne dass sie ihn auch nur ein einziges Mal in einer Gerichtsverhandlung persönlich hätte erleben müssen. Zu dieser Verfahrensweise hatten ihr die Kollegen geraten. Auch jetzt am Obergericht hatte sie Feller noch nie zu Gesicht bekommen. Da sie als Präsidialreferentin für Beschwerden jeder Art zuständig war, hatte sich der Kontakt zu ihm durch die Bearbeitung seines endlosen Schriftverkehrs und die ständigen Telefonate zwangsläufig intensiviert. Anfangs gab es Momente, in denen Eva den Eindruck hatte, dass Feller einfach nur ihre Stimme am Telefon hören wollte, die angenehme Telefonstimme einer jungen Frau. Wann ergab sich schon die Möglichkeit, eine Richterin persönlich zu sprechen? Dies ging solange gut, bis Feller sich wieder an irgendeiner Stelle in der Banalität seiner Themenlosigkeit verfing, seine Stimme scharf wurde und er ins Telefon schrie, dass er Gott und die Welt für die Unfähigkeit der Justiz verantwortlich machen und alle zur Rechenschaft ziehen werde.

Auch wenn sich Eva durch ihn nicht bedroht fühlte, so empfand sie sein Verhalten als empfindliche Störung ihres Arbeitsalltags. Es war ein Ärgernis, dass er ihre wertvollen Arbeitskapazitäten und auch die ihrer Richterkollegen stahl. Hinzu kam die Sorge, dass Feller außerhalb der Gerichtsbarkeit mit seinem Anliegen Gehör finden könnte, weil er dazu übergegangen war, seinen Unmut über die Justiz überall zu verbreiten und er inzwischen auch die Politik behelligte. So konnte sie nie sicher sein, dass er andernorts Verbündete oder Unterstützung fand. Ob all dies ihrer Karriere schaden könnte, fragte sie sich des Öfteren, ohne darauf eine Antwort zu wissen. Ihre Kollegen bearbeiteten seine Verfahren schon lange nicht mehr mit jener Sorgfalt, wie sie anderen Klägern zu Teil wurde. Grobes Unrecht war Feller dadurch aber nicht widerfahren. Justiz funktionierte nur, wenn man sich an ihre Regeln hielt. Und genau die ignorierte und bekämpfte er. Feller hatte sich seine eigene Logik von Recht erschaffen und überschwemmte die Gerichte mit dem, was er meinte, Recht zu sein. Das war jenseits philosophischen Ursprungs oder eines respektablen Wertesystems. Es waren vielmehr die Exkremente einer irren Idee, die sich in Fellers Kopf verfestigt hatte. Alles diente nur einem einzigen Selbstzweck und dafür missbrauchte er das Recht. So war er der Parasit geworden, der sich in den Gängen der Justiz eingenistet hatte. Alle Anstrengungen des Wirts, ihn aus dem Rechtssystem zu vertreiben, waren bisher fehlgeschlagen.

November 1999

1

Ende November wurde es Zeit, den Stadtfriedhof für den nahen Winter herzurichten. Wie jedes Jahr mussten die Grabstätten mit roter Heide bepflanzt oder mit fein geschnittenem Tannengrün bedeckt werden, bevor der erste Schnee kam. Die beiden Friedhofsgärtner, die sich redlich bemüht hatten, all die Winterarbeiten bis zum späten Nachmittag zu erledigen, trennten sich kurz vor Einbruch der Dunkelheit voneinander. Der Ältere von ihnen hieß Horst Feller, der an diesem letzten Freitag im November 1999 noch bei der städtischen Friedhofsgärtnerei angestellt war.

Nicht nur die Kälte setzte ihm zu. Fellers Rücken schmerzte unentwegt und besonders schlimm waren die Beschwerden, sobald er sich mit dem Oberkörper nach vorn beugte. Während er Laub von einem Urnengrab aufsammelte, hörte er ein Geräusch hinter sich. Feller erahnte seinen Arbeitskollegen, der jung war und dem die körperlich anstrengende Friedhofsarbeit viel schneller und leichter von der Hand ging. Anders als erwartet vernahm er plötzlich zwei unbekannte Stimmen hinter sich. Er richtete sich auf und bevor er sich ihnen zuwenden konnte, meinte er einen Schlag im Nacken zu verspüren. Jedenfalls durchfuhr ihn ein stechender Schmerz im Rücken. Feller geriet ins Taumeln, verlor den Boden unter den Füßen und kippte kopfüber auf die kleine Grabstelle. Vor seinem Gesicht war alles dunkel; vielleicht war er auch kurze Zeit ohnmächtig. In unmittelbarer Nähe hörte er wenig später die vertraute Stimme seines Arbeitskollegen, der ihm zurief: »Hey Feller, was ist los? Was wollten die? Haben die dir was getan?« Ohne dass Feller antworten konnte, fuhr sein Kollege fort: »Ich habe zwei Typen gesehen, die zum Ausgang des Friedhofs gerannt sind; keine Chance in der Dunkelheit hinterher zu kommen.« Feller setzte sich benommen auf, hielt sich den Nacken, wischte sich schwarze Erde mit seinem Ärmel aus dem Gesicht und sagte: »Ich weiß nicht, was los war, keine Ahnung, es ging alles so schnell. Mein Nacken tut höllisch weh«. »Lass mal sehen.« Mit dem Feuerzeug leuchtete sein Kollege Hinterkopf, Nacken und Schultern ab. Er sah nichts – keine Wunde, kein Blut. »Wir sollten das der Polizei melden. Lass uns gehen.« Der Arbeitskollege lud die Gerätschaften und Grünabfälle auf den Kleintransporter, während sich Feller mit schmerzverzerrtem Gesicht den Nacken rieb. Sie fuhren direkt zur nächstgelegenen Polizeidienststelle.

Der Polizist fragte nach den Personalien und nach einer möglichst präzisen Schilderung des Vorfalls. Zum Hergang des Geschehens sagte Feller nur, dass er einen heftigen Schlag in den Nacken bekommen habe und kurze Zeit ohnmächtig gewesen sei. Dabei verschwieg er seine permanenten Rückenschmerzen, die ihn schon seit geraumer Zeit bei der Arbeit plagten. Fellers Angaben notierte der Polizist in einem mehrseitigen Formular.

Auf die direkte Frage des Polizisten: »Fehlt was?«, griff Feller in die linke Innentasche seiner grünen Gärtnerjacke. Sie war leer. »Ja, mein Portemonnaie fehlt«. Sein Arbeitskollege schaute ihn verblüfft an, ohne aber etwas einzuwenden. Denn am Vormittag hatte sich Feller von ihm 5 DM für das Frühstück geliehen, weil er sein Portemonnaie zu Hause vergessen hatte. »Wie viel hatten Sie denn dabei?« fragte der Polizist weiter. Ohne lange zu überlegen log Feller: »Ungefähr 150 DM – ich wollte noch etwas besorgen –, und mein Portemonnaie, ein Geschenk aus echtem Naturleder, war teuer«. Auch dies notierte der Polizist sorgfältig in dem Formular. Dann unterschrieb Feller das Protokoll über den Tathergang, die Richtigkeit seiner Angaben und den Strafantrag wegen »Körperverletzung und Raub«. »Ach übrigens, ich würde Ihnen empfehlen, zu einem Arzt zu gehen, wer weiß, mit Nackenschmerzen ist nicht zu scherzen«, sagte der Polizist. Er drückte Feller eine Durchschrift der Strafanzeige mit umfänglichen Belehrungen in die Hand. »Sie hören von uns. Schönen Abend noch und gute Besserung«.

Der Arztbesuch in der Notambulanz verlief für Feller unbefriedigend. Sein Nacken und Rücken schmerzten immer noch. Obwohl er dem diensthabenden Arzt die Dreistigkeit und Brutalität des Überfalls in allen Einzelheiten geschildert hatte, konnte dieser nichts anderes feststellen als eine Zerrung im Halswirbelsäulenbereich, einen kleinen Bluterguss und eine starke muskuläre Verspannung im gesamten Schulter- und Nackenbereich.

Das Ergebnis der Röntgenaufnahme war negativ: »Altersgerechte Verschleißerscheinungen im Bereich der Halswirbelsäule, kein Anzeichen für eine traumatische Verletzung als Folge von Gewalteinwirkung«, sprach der Arzt in ein Diktiergerät; kein spektakulärer Befund für einen vierzigjährigen Gärtner. Dann wandte er sich Feller zu: »Die Distorsion und das Hämatom werden in ein paar Wochen völlig verschwunden sein. Wenn Sie möchten, können Sie eine Halskrause tragen. Unbedingt erforderlich ist das aber nicht. Ansonsten empfehle ich Ihnen physiotherapeutische Behandlung wegen ihrer Rückenprobleme. Kann nicht schaden in Ihrem Alter und bei Ihrem Beruf. Übrigens, ich schicke eine Durchschrift meines Berichts an die Berufsgenossenschaft. Ist doch bei der Arbeit passiert, wenn ich das richtig verstanden habe? Seien Sie froh, dass Ihnen nicht mehr zugestoßen ist.« Mit einem breiten Grinsen schüttelte er Feller die Hand, während er den nächsten Patienten in das Behandlungszimmer rief. Mit der Durchschrift des Arztberichts in der Hand, auf deren Rückseite viel Kleingedrucktes stand, fuhr ihn sein Arbeitskollege nach Hause.

Am Montagmorgen erzählte der Kollege den anderen Friedhofsgärtnern ausführlich über den Vorfall vom Freitag; er vergaß nicht zu schildern, wie Feller bei der Polizei versucht hatte, aus dem Ganzen Profit zu schlagen, indem er behauptet hatte, sein Portemonnaie sei gestohlen worden. Auf den Spott der anderen musste er nicht lange warten: »Na Feller, wolltest mal wieder abzocken? Waren wohl die Geister, die dich überrumpelt haben«.

Feller reagierte anfangs nicht auf solche Provokationen. Stattdessen zog er sich zurück; er war ein Einzelgänger, der gern für sich war. Geselligkeit mit den Kollegen mied er. Meistens saß er wie an diesem Montagmorgen allein in der Frühstückspause und nahm seine geschmierten Brote und die Thermoskanne aus dem Rucksack. Dabei blätterte er die Tageszeitung durch. Im Lokalteil fiel ihm eine Meldung auf:

>*Am Freitagabend gab es erneut einen Überfall auf dem Stadtfriedhof. Zwei Friedhofsgärtner wurden bei einbrechender Dunkelheit von unbekannten Tätern angegriffen und ausgeraubt. Die Täter sind flüchtig. Zeugen, die den Überfall beobachtet haben, werden gebeten, sich bei der örtlichen Polizeidienststelle zu melden.*«

Aus der aufgenähten Seitentasche seiner Cargo-Hose fingerte Feller sein rotes Schweizer Messer heraus, das er so gut wie immer bei sich trug. Es war ein typisches Okuliermesser mit zwei Klingen, einer Arbeitsklinge und einer Klinge zum Lösen von Rinde. Mit der extrem scharfen Klinge, die an sich der Veredelung von Pflanzen diente, trennte Feller die Notiz aus der Zeitung heraus und verwahrte sie im Innenfach seines Rucksacks. Später zu Hause schnitt er den Rand sorgfältig mit einer Papierschere nach und klebte die kleine rechteckige Notiz in die Mitte eines weißen Blattes Papier vom Format A4. Das Blatt lochte er und legte es als erste Seite in einem leeren Aktenordner ab. Dahinter heftete er die Durchschrift der Strafanzeige und die des Durchgangsarztberichts. Dann klappte er den Ordner zu und stellte ihn in ein Bücherregal.

2

Einige Wochen waren vergangen. Fellers Rücken schmerzte manchmal so stark, dass er mehre Tage der Arbeit ferngeblieben war. Die Gartenarbeiten auf dem Friedhof fielen ihm zusehends schwerer und die Aufträge führte er nur noch unzulänglich und nachlässig aus. Doch zu den körperlichen Beschwerden hinzugekommen war ein Gefühl der Angst. Sobald er an abgelegenen Stellen des Friedhofs allein arbeitete und die Dämmerung einsetzte, kam dieses Empfinden in ihm auf. Er drehte sich ständig um und vermutete hinter jedem Geräusch in der Natur eine Bedrohung seiner Person. Dies ging so weit, dass er manche Pflanzarbeiten einfach abbrach und unerledigt ließ. Als die Vorgesetzten seiner Bitte nicht nachkamen, ihn von bestimmten Arbeiten freizustellen, meldete sich Feller krank. Seine Kollegen lehnten sein Verhalten ab. Ihrer Meinung nach gab es hierfür keinen vernünftigen Grund. Sie distanzierten sich von ihm, nicht zuletzt weil sie sein Arbeitspensum ohne zusätzlichen Lohn übernehmen mussten. Sie scheuten nicht davor zurück, Feller öffentlich zu kritisieren:

»Na, Feller, heute wieder Geister gesehen? Geh mal zum Psycho-Doktor, der hilft in solchen Fällen.« Es kam sogar soweit, dass ihm vor seinem Spint körperliche Gewalt angedroht wurde und nur das geistesgegenwärtige Einschreiten des Vorarbeiters eine handfeste Schlägerei verhindern konnte.

Doch niemand konnte Fellers Verhalten ändern oder ihn in seiner Entwicklung aufhalten. Er wirkte antriebsreduziert, abwesend, blockiert und produzierte schließlich überhaupt kein brauchbares Arbeitsergebnis mehr. Ungefähr ein halbes Jahr nach jenem Freitagnachmittag im November war es soweit, dass er gar nicht mehr bei der Arbeit erschien. Dies war dem Arbeitgeber Grund genug für eine fristlose Kündigung.

Feller lebte allein in einer kleinen stadtnahen Zwei-Zimmer-Wohnung. Eine Frau hatte er nicht, wahrscheinlich war das Alleinsein die für ihn einzig passende Art zu leben. Hin und wieder suchte er Prostituierte auf. Sein einziger Freund Otto war vor kurzem verstorben. Gern hielt sich Feller auf dem kleinen, zur Südseite ausgerichteten Balkon der Wohnung auf, wo lediglich Platz war für einen Holzhocker und eine Kübelpflanze, eine brasilianische Guave. An der mit Drahtseilen bespannten Wand des Balkons ließ er die Schwarzäugige Susanne klettern.

Hier öffnete er im Frühsommer 2000 den Brief der Polizeidienststelle, dessen Inhalt er schnell überflog, bis er auf folgende Zeilen des Briefes stieß: » …ist das staatsanwaltliche Ermittlungsverfahren gegen Unbekannt eingestellt worden … Täter konnten nicht ermittelt werden.« Er legte den Brief zur Seite. Ein leichter Windstoß setzte das dünne Papier in Bewegung und kurz bevor es vom Balkon segelte, bekam er es zu fassen. Er setzte sich wieder auf den Hocker und spürte den permanenten Schmerz im Rücken wieder besonders stark.

Feller begann jetzt, den Text genauer zu lesen. Nur so viel hatte er verstanden: Das Strafverfahren war ergebnislos verlaufen, weil die Staatsanwaltschaft niemanden als Täter beschuldigen konnte. Er wurde weiter darüber belehrt, dass er Ansprüche vor den Zivilgerichten geltend machen konnte. Doch auch das half ihm nicht viel weiter, wenn die Täter unerkannt entkommen waren. So konnte er weder jemanden für seine Rückenschmerzen noch für den Verlust seines Arbeitsplatzes verantwortlich machen. Dann stieß er in dem Schreiben auf eine Passage, die noch komplizierter war, die aber sein Interesse weckte. Dort las er etwas von »Opferentschädigung«. Demnach gab es eine Behörde, bei der er sich als Opfer eines tätlichen Angriffs melden und eine Entschädigung verlangen konnte. Diesen Satz hatte er schon einmal gelesen. Er holte den Aktenordner hervor und schaute sich die Belehrungen auf der Rückseite des Strafantrags an. Dort stand in etwa das Gleiche:

> *Sie können Antrag auf Opferentschädigung bei der zuständigen Behörde stellen.«*

Moment Mal, dachte er sich, genau das traf doch auf ihn zu! Im November des vergangenen Jahres war er Opfer eines gewalttätigen Übergriffs geworden und seit diesem Ereignis fühlte er sich in seiner Gesundheit beschädigt. Der nächste Gedanke ließ nicht lange auf sich warten: Eine saftige Entschädigung würde ihm finanziell wieder schnell auf die Beine helfen und ihm die erhoffte Genugtuung verschaffen.

Seitdem er ohne Arbeit war, hatte er viel Zeit. Gelegentlich fuhr er mit seinem Fahrrad zur nahen Stadtbibliothek. Obwohl ihn Bücher nicht interessierten, konnte er dort Informationen über seinen Plan sammeln, der ihm nicht mehr aus dem Kopf ging. Doch weder das Lesen von Büchern noch das Schreiben von Briefen war seine Stärke. Nach neun Schuljahren hatte er den Beruf des Gärtners gelernt. Nach bestandener Prüfung und einer nahtlosen Anstellung in der städtischen Friedhofsgärtnerei hatte er sich dort wohl gefühlt. Schon immer war gern in der Natur gewesen. In der Stille des Friedhofs hatte er ungestört seinen Gedanken nachhängen können, hatte Tiere beobachten und dabei sein Tagewerk verrichten können – bis zu jenem Freitagnachmittag im November. Seitdem hatte sich sein Leben verändert.

In der Bücherei eröffnete sich eine ihm bis dahin fremde Welt. In der Abteilung »Recht« fand er Ratgeber, Informationsbroschüren, juristische Standardwerke und Gesetzessammlungen. Besonders gern mochte er das kleine Buch »Mein gutes Recht«. Er hatte das Büchlein schon seit vielen Wochen ausgeliehen. Als er die Ausleihe verlängern musste, hatte er es zunächst zurückgegeben, um es in einem unbeobachteten Moment in seiner Jackentasche verschwinden zu lassen. Niemand hinderte ihn, die Bücherei mit dem gestohlenen Buch zu verlassen. So konnte er sich Zeit beim Lesen lassen, worin er bislang wenig Übung hatte. Einige Kapitel las er immer wieder, besonders intensiv den Abschnitt: »Staatliche Leistungen von A – Z«, unter dem Buchstaben »O« fand er wertvolle Hinweise zur Opferentschädigung. Die Kapitel des Buches boten eine nicht versiegende Quelle an Tipps und Ratschlägen, was der Bürger von Behörden verlangen kann, welche Leistungen ihm in welcher Lebenssituation zustehen und welche Wege er hierfür beschreiten müsste; alles Dinge, von denen er bisher noch nichts gehört hatte. So war das kleine Buch zu seinem ständigen Begleiter geworden.

Er hatte manche Seiten des Buches mit Notizen versehen und es an manchen Stellen mit Randbemerkungen übersät. Schließich meinte er, alles verstanden zu haben. Wie Steine eines Mosaiks passte alles zusammen und ergab einen Sinn. Er war an jenem Freitagnachmittag nicht nur Opfer eines vorsätzlichen Angriffs auf seine Person geworden. Wenn er den Ratschlägen aus dem kleinen Buch trauen durfte, hatte er einen Unfall bei der Arbeit erlitten und als Folge dessen ein Rückenleiden und eine posttraumatische Belastungsstörung mit dauerhaften Gesundheitsschäden davongetragen. Sein Körper signalisierte ihm, dass er seinen Beruf als Friedhofsgärtner nicht mehr ausüben konnte, weder physisch noch psychisch. Auch keiner anderen Arbeit schien er mehr gewachsen zu sein. Er fühlte sich vom Schicksal ungerecht behandelt und war zutiefst davon überzeugt, dass ihm als Gewaltopfer eine staatliche Entschädigung zustand. Ein bis dahin unbekanntes Verlangen nach Gerechtigkeit war in Feller erwacht, das befriedigt werden wollte.

Der anfangs nur drei Seiten umfassende Aktenordner wies inzwischen eine stattliche Fülle an Papier auf. Immer wenn Feller ihn aufschlug, erinnerte ihn die kleine Pressenotiz auf der ersten Seite an das Unglück, das ihm widerfahren war. Unmengen von Kopien handschriftlicher Anträge, von Durchschriften ausgefüllter Formulare und ablehnender Antwortschreiben von Behörden, die weder ein persönliches Wort enthielten noch handschriftlich unterzeichnet waren, reihten sich in chronologischer Reihenfolge aneinander und wölbten den Deckel des Ordners nach oben. Feller hatte jedes Papier abgeheftet und alles war vollständig dokumentiert. Bislang aber hatte niemand sein Gefühl von Gerechtigkeit nachvollziehen können.

Gartenlaube

Es dauerte nicht lange, bis Feller die Miete für seine kleine Zwei-Zimmer-Wohnung nicht mehr aufbringen konnte. Der Vermieter mahnte ihn zweimal wegen Mietrückständen, verschaffte sich einen Räumungstitel und Feller musste ausziehen. In dieser Situation erinnerte er sich an seinen unlängst verstorbenen Kumpel Otto, der bis zu seinem Tod über viele Jahre in einer Gartenlaube einer Kleingartenkolonie gelebt hatte. Feller hatte ihn dort oft besucht; eigentlich war Otto der einzige Freund gewesen, der nun fehlte. Nicht zuletzt war es die Liebe zur Natur, die beide über den Tod hinaus verband. So hatte Feller ihm das eine oder andere Mal Tipps für die Pflege der Staudenbeete gegeben und ihm bei der Gartenarbeit geholfen, wenn Otto im Alkoholdelirium nicht mehr in der Lage war, irgendetwas zu verrichten. Der Alkohol war es schließlich, der Otto von innen zerfressen hatte. Otto war an multiplem Organversagen gestorben, ohne dass er die Chance gehabt hätte, ein alter Mann zu werden. Er hinterließ nichts außer einer vernachlässigten Parzelle und einer reparaturbedürftigen Gartenlaube. Im Sommer hatte Otto, wenn auch unerlaubt, zeitweise einen Wohnwagen auf der Parzelle abgestellt, weil er eines Tages auf »Große Reise« gehen wollte. Dazu war es nicht mehr gekommen. Wenn Feller im Sommer übers Wochenende zu Besuch gekommen war, hatte er im Wohnwagen übernachtet. Und daran erinnerte er sich, als er seine Wohnung räumen musste. Es war gewissermaßen ein Glücksfall, dass Feller in seiner Not so schnell wieder ein Dach über den Kopf bekam. So konnte er selbst aus Ottos Tod noch seinen Vorteil ziehen.

Die Mitglieder der Kleingartenkolonie »Zur Glückseligkeit« e.V. teilten die Sorge, dass sich ein Fremder auf der Parzelle des toten Otto dauerhaft einrichten könnte, auch wenn sie Feller kannten, weil er dem Vereinsbruder oft geholfen hatte, seine verwahrloste Parzelle von lästigem Giersch zu befreien. Allen war klar, dass Feller Gärtner sein musste, denn er verstand es wie kein anderer, der Natur Form und Gestalt zu geben. Nebenbei hatte er hochgiftiges Unkrautvernichtungsmittel aus den Vorratsschränken der städtischen Friedhofsgärtnerei abgefüllt und unbemerkt mitgenommen. Das überraschende Ergebnis einer unkrautfreien Parzelle blieb in der Kolonie nicht lange unbemerkt und weckte das Interesse des Vereinsvorstands. Auch wenn Feller ein unliebsamer Zeitgenosse war, der nichts für gemeinschaftliches Vereinsleben übrig hatte, wollte sich der Vorstand seine professionellen Kenntnisse zu Nutze machen. Weite Flächen in der Kolonie waren von Giersch überwuchert, weil das herkömmliche Herbizid seit langem keine Wirkung mehr zeigte. Feller begann zunächst, Ottos Hinterlassenschaften aufzuräumen. Er zerlegte den maroden Wohnwagen in Kleinteile, die er nach und nach beseitigte, reparierte die schäbige Gartenlaube und nach kurzer Zeit war alles in einem durchaus akzeptablen Zustand. Dem Vereinsvorstand war die Perspektive von sauberen Gemeinschaftsflächen und Zuwegungen in der Kolonie nicht unsympathisch. Doch kein Vereinsmitglied wollte hierfür sorgen, weil sich der Verein in der Präambel seiner Satzung dem Ziel eines nachhaltigen, ökologischen Umweltschutzes unterworfen hatte. Deshalb war Feller willkommen, die leidlichen Unkrautvernichtungsarbeiten für den Verein zu erledigen, worauf er per Handschlag verpflichtet wurde. Dafür durfte er auf Ottos Parzelle weiterhin wohnen. Gegenüber dem Verein tat Feller so, als müsse er das toxische Mittel bei einem Großhändler in den Niederlanden bestellen. So fügte es sich, dass er wie selbstverständlich einen Schlüssel für das Vereinsheim bekam und Zutritt zum Vereinsbüro erhielt. Dort fand er ein Telefon, ein Faxgerät und einen älteren, aber funktionstüchtigen Computer vor, den er zumindest als Schreibmaschine nutzen konnte. Dank der kleinen Lüge stand ihm plötzlich all die Technik zur Verfügung, die er in den nächsten Jahren benötigen würde, um seinen Plan zu verfolgen, seinen Unmut zu artikulieren, sich Gehör in der Welt zu verschaffen und sich auf den Weg zur Gerechtigkeit zu begeben.

Denn das Gefühl, ungerecht behandelt worden zu sein, war in Feller gewachsen. In den unzähligen Schreiben der Behörden hatte er nicht ein einziges Wort des Bedauerns gelesen oder auch nur die geringste Anteilnahme gespürt, für das, was ihm widerfahren war. Stattdessen Briefe, die unfreundlich und kalt waren; die in nahezu unverständlicher Sprache sagten, dass ihm nichts Nennenswertes im Leben passiert sei, jedenfalls nichts, wofür er Entschädigung oder andere staatliche Leistungen hätte verlangen können oder weshalb ihn das Leben aus der Bahn hätte werfen können. Allein die Lektüre dieser Schreiben machte ihn wütend und aggressiv. Sein Puls ging schneller und jedes Mal verkrampfte sein Rücken so sehr, dass sich sein Gesicht zu einer schmerzverzerrten Grimasse verzog. Er wurde laut, führte Selbstgespräche und beschimpfte Gott und die Welt.

Auch sein Äußeres hatte sich verändert. Seine Gestalt war hager und die Gesichtszüge markanter geworden. Feine Linien säumten sein Gesicht, die sein Alter offenbarten. Die Lippen waren schmal und die Mundwinkel zeigten nach unten. Der Tonfall hatte an Schärfe und Bestimmtheit gewonnen. Etwa ein Jahr nach jenem Ereignis war es soweit, dass seine seelische Verfassung einen Tiefpunkt erreicht hatte. Feller war ein verbitterter Mann geworden. Für seine Mitmenschen war er schon zu diesem Zeitpunkt unerträglich geworden.

Streitlust

1

Feller hatte den Rat eines Rechtsanwalts gesucht, der ihm zunächst sehr deutlich zu verstehen gab, dass er ohne einen stattlichen Vorschuss nicht für ihn tätig werden würde. Die Sache mit der Opferentschädigung hätte vor Gericht ohnehin keine Aussicht auf Erfolg. Dennoch hatte er ihm viel Glück gewünscht, falls er ohne rechtsanwaltlichen Beistand vor Gericht ziehen wollte. Auf Nachfrage antwortete der Anwalt, dass dies zwar ohne weiteres möglich sei, wenngleich er nicht zu einer völlig sinnlosen Klage raten wolle. Der Anwalt erklärte ihm, dass im Rechtsstaat jedermann Behörden vor Gericht verklagen kann, wenn er meinte, eine staatliche Leistung beanspruchen zu können, die ihm die Behörde vorenthielt.

Also begann Feller fast genau ein Jahr nach dem Vorfall im Herbst 2000, Klagen gegen Behörden bei Gericht einzureichen. Das war ganz einfach. Er schrieb auf ein Blatt Papier, das er mit seinem Absender versah, »Klage auf Opferentschädigung« und tippte die Nummer des Gerichts in die Tastatur des Faxgeräts, das dem Kleingartenverein gehörte. Nach wenigen Signaltönen wurde das Blatt mit der Rückseite nach oben gerichtet durch das Gerät gezogen und schon war alles getan. Tatsächlich erhielt er wenige Tage später die Eingangsbestätigung seiner Klage, die von Amtswegen weiter bearbeitet wurde, ohne dass es einer Nachfrage bedurfte, wie Feller belehrt wurde. Kosten entstanden ihm dadurch nicht. Deshalb sah er kein Hindernis, auf die gleiche Art weitere Klagen auf Anerkennung eines Arbeitsunfalls, auf Schwerbehinderung, auf Frühverrentung und auf Arbeitslosengeld zu erheben. Und jedes Mal bekam Feller Eingangsbestätigungen in grünen Briefumschlägen mit dem Aufdruck »Justiz«. Damals war er sich noch sicher, dass alsbald alles ein gutes Ende nehmen und er mindestens eine Entschädigung bekommen würde. Doch diese Hoffnung sollte schnell enttäuscht werden.

Die erste Gerichtsinstanz dauerte allein schon fünf Jahre. Das Gericht beauftragte medizinische Sachverständige, die Gutachten über Fellers Gesundheitszustand erstellten. Der Psychiater kam zu dem Ergebnis, dass Feller nicht nur an psychoreaktiven Störungen, sondern auch an einem Paniksyndrom und Depressionen litt. Der Orthopäde sagte Feller gleich bei der Untersuchung, dass sein Rücken kaputt sei. Der Radiologe konnte nichts Besorgniserregendes, außer den üblichen Abnutzungserscheinungen am Skelettsystem feststellen und der Schmerztherapeut bescheinigte Feller eine besondere Empfindsamkeit. Die daraufhin von den gegnerischen Behörden im Gerichtsverfahren beauftragten Ärzte teilten die Ergebnisse ihrer Kollegen nur eingeschränkt, jedenfalls waren sie unter Berücksichtigung aller medizinischen Erkenntnisse der Ansicht, dass Feller angesichts seiner leichten Gesundheitsbeeinträchtigungen noch einer beruflichen Tätigkeit nachgehen und sich sein Brot gut selbst verdienen könne.

In der ersten Gerichtsverhandlung im Jahre 2005 schloss sich der Richter den Ergebnissen der Behördenärzte an. Er entschied, dass das Ereignis von November 1999 für Fellers derzeitigen Gesundheitszustand kaum verantwortlich gemacht werden könnte. Schließlich habe jeder – und vor allem Gärtner in einem gewissen Alter – Rückenprobleme. Auf der Grundlage von Fellers Persönlichkeitsstruktur wäre es ohnehin nur eine Frage der Zeit gewesen, wann er psychische Probleme bekommen hätte. Was genau im November 1999 geschehen sei, ließe sich nach so langer Zeit nicht mehr feststellen. Zeugen zum Hergang des Geschehens gebe es nicht, das Polizeiprotokoll widerspreche der Pressenotiz des folgenden Tages; der Durchgangsarztbericht habe nur eine leichte Verstauchung der Halswirbelsäule und einen kleinen Bluterguss attestiert; beides sei nach kurzer Zeit ohne bleibende Folgen wieder abgeklungen. Deshalb könne Feller rein gar nichts verlangen.

Die prompte Antwort Fellers auf dieses Urteil war die sofortige Einlegung der Berufung verbunden mit einem Befangenheitsantrag und einer Dienstaufsichtsbeschwerde gegen den Richter; weitere Befangenheitsanträge folgten gegen jeden, der nicht seine Ansicht teilte.

Ab dem Jahr 2005 entstand für Feller eine neue Situation. Seine Arbeitslosenunterstützung hieß fortan Hartz IV. Er wollte aber nicht die Stigmatisierung eines Hartz IV-Empfängers ertragen müssen; damit wollte er nichts zu tun haben. Er war nach wie vor der

Meinung, überhaupt nicht mehr erwerbstätig sein zu können und daher Frührentner zu sein. Doch die Behörden ignorierten dies, wenn sie ihm jeden Monat die staatliche Unterstützung für Langzeitarbeitsuchende überwiesen. Dass Hartz IV verfassungswidrig war, hatte Feller ohnehin von Beginn der neuen Leistung an gewusst. Beim Einsammeln von Müll hatte er alte Ausgaben von Stern- und Spiegelmagazinen gefunden, die in gut verständlicher Weise lange Artikel über die Verfassungswidrigkeit der für viele Menschen als sozial ungerecht empfundenen Leistung abgedruckt hatten. Diese Artikel, die ihm aus dem tiefsten Inneren seiner Seele sprachen und alles in viel trefflichere Worte fassten, als Feller sie jemals hätte formulieren können, schnitt er mit einer Schere aus. Er klebte sie auf ein Blatt Papier, das er auf das Faxgerät des Kleingartenvereins legte und faxte die Zeitungsartikel, versehen mit seinem Absender, direkt zum Gericht.

Zu diesem Zeitpunkt hatte er beschlossen, seine Beschwerden nicht nur an das Gericht sondern auch noch an verschiedene andere Stellen zu schicken. Es schien wirkungsvoller sein, wenn er seine Unmutsäußerungen in der Welt verbreitete. Deshalb faxte er seine Beschwerden zugleich an das Justizministerium, an den Petitionsausschuss des Landtags, an die Bundeskanzlerin, den Bundespräsidenten und an den Präsidenten des Bundesverfassungsgerichts. So hatte Feller seiner Wut ein wirksames Ventil verschafft.

All das erzeugte neben einem erheblichen Zeitaufwand Unmengen von Papier. Jedes Mal, wenn er ein freundliches Eingangsschreiben einer der Stellen, bei der er sich beschwert hatte, im Briefkasten der Kleingartenkolonie fand und er las, dass man sich für seine Eingabe bedankte, für eine abschließende Stellungnahme in seiner Sache aber noch etwas Zeit benötige, bedeutete dies, dass ein Beamter eine neue Akte angelegt und die eine oder andere Stelle um Informationen über Fellers Beschwerden oder zumindest um den Stand der Bearbeitung seiner Gerichtsverfahren gebeten hatte. Dies alles führte dazu, dass die Akten zwischen den Behörden und den Gerichten hin und her geschickt wurden und sie oftmals gerade dann fehlten, wenn Fellers Klagen und Beschwerden weiter bearbeitet werden sollten, was ohne Akten nicht möglich war.

Fellers Berufungsverfahren wegen Opferentschädigung, das ab dem Jahr 2006 beim Obergericht anhängig war, verlief noch viel schleppender. Noch mehr Mediziner wurden um ihre Meinung gefragt. Teilweise folgten sie den Ergebnissen der Sachverständigen aus der ersten Instanz, teilweise widersprachen sie ihnen. Die medizinischen Unterlagen in diesem Prozess füllten inzwischen viele Bände an Gerichtsakten beim Obergericht. Jedes Mal wenn Feller meinte, der Sachverständige sei nicht auf seiner Seite, stellte er bereits im Vorfeld der Untersuchung einen Befangenheitsantrag gegen den Arzt. Dies versprach viel effektiver zu sein, denn wie er aus den Erfahrungen der ersten Instanz gelernt hatte, waren seine Befangenheitsanträge dort regelmäßig erfolglos geblieben, weil er sie aus Unkenntnis zu spät gestellt hatte. All das sprach sich in Medizinerkreisen schnell herum und führte dazu, dass es für das Obergericht schwierig wurde, überhaupt noch einen Mediziner zu finden, der bereit war, über den Gesundheitszustand von Feller Auskunft zu geben, geschweige denn ihn persönlich zu untersuchen.

Befangenheitsanträge stellte Feller vorsorglich auch gegen die Richter des Obergerichts. Es kam zu einem Punkt, an dem er andere Richter wollte. Es nützte auch nichts, ihm im Wege der Prozesskostenhilfe Rechtsanwälte auf Staatskosten beizuordnen. Denn über kurz oder lang legten sie das Mandat nieder, weil Feller sie für inkompetent hielt, sie beschimpfte und sich nicht von ihnen vertreten lassen wollte. So war Fellers Rechtsstreit in Sachen Opferentschädigung beim Obergericht ins Stocken geraten. Aus seiner Sicht war Stillstand der Rechtspflege eingetreten. Dies war Feller Grund genug, Untätigkeitsbeschwerde zu erheben und – weil alles so lange dauerte – zusätzlich Klage auf Ersatz jenes Schadens zu erheben, der ihm wegen der langen Dauer auch all seiner anderen Gerichtsverfahren entstanden war, die inzwischen beim Obergericht anhängig waren. Daneben war Feller nicht müde, ständig im Obergericht anzurufen und per Telefax zahllose neue Beschwerden zu erheben, in denen er sich generell über alles beschwerte, was ihn an der Bearbeitung seiner Verfahren durch die Justiz störte. Und das war immens geworden.

2

Immer dann, wenn er sich von den Anstrengungen und Mühen seiner gerichtlichen Auseinandersetzungen, die inzwischen völlig unübersichtlich geworden waren, erholen wollte, fuhr er mit dem Fahrrad in der gewohnten Umgebung seines Kleingartens umher. In seinem Revier sammelte er Flaschen aus Papierkörben und Mülltonnen ein und holte so manche unachtsam weggeworfene Pfandflasche mit einem Weidenstock aus den Glassammelbehältern wieder heraus. In großen Packtaschen, die er an Lenker und Gepäckträger seines Fahrrads befestigte, verstaute er die Beute. Das Geschäft war einträglich, besonders wenn die Ausflügler wie so häufig an schönen Wochenenden ihren Müll achtlos in der Natur verstreut liegen gelassen hatten und die Sammelbehälter überquollen. Das Geld aus der Pfandflaschenrückgabe war zu einem festen Bestandteil seines monatlichen Einkommens geworden. Daneben erhielt er schwarz verdientes Geld auf die Hand, wenn er Gartenarbeiten für den Verein in der Kolonie erledigt hatte oder einzelne Mitglieder ihn »cash« bezahlten. Damit verfügte er über eine Summe, mit der er sich etwas zu essen kaufen, eher selten benötigte Kleidung und andere Dinge besorgen konnte. In der verwaisten Gartenlaube des verstorbenen Otto konnte er nach wie vor umsonst leben.

Die größte Einnahmequelle aber, über die er verlässlich und pünktlich zum Monatsbeginn verfügte, war der Grundbetrag von Hartz IV. In manchen Monaten, in denen es bei ihm »gut lief«, brauchte er die staatliche Unterstützung an sich gar nicht. So hatte er Geld zusammen gespart, das er in einer Schachtel im Tresor des Vereinsheims der Kolonie eingeschlossen hatte. Finanziell kam er so gut über die Runden. In gewissen Abständen versicherte er gegenüber den Behörden auf vorgedruckten Formularen, dass er über keine Einnahmen verfüge und auch sonst vermögenslos sei, ohne dass ihm nur der geringste Zweifel an der Richtigkeit seiner Angaben kam.

An sich hätte Feller zufrieden sein können, mit dem was er hatte. Er lebte mit der Natur, konnte über sein Leben frei bestimmen und bis auf seine gelegentlichen Rückenschmerzen ging es ihm gut. Doch Zufriedenheit war das, was in Fellers Leben keinen Platz hatte. Stattdessen trieben ihn Unrast, Zorn, Gereiztheit und ein Gedanke, der sein Handeln und Denken Tag und Nacht bestimmte. Das Gefühl, ungerecht behandelt worden zu sein, war übermächtig, geradezu exzessiv in ihm geworden. Seine Verbitterung war inzwischen auch eine Folge der mehr als zehn vergangenen Jahre, in denen er bei Gericht um Genugtuung und um eine Entschädigung gestritten hatte. Das Ganze war zu einer überaus aufwändigen und nervenaufreibenden Angelegenheit geworden, ohne dass er nach all den vielen Jahren sein Ziel erreicht hätte oder angekommen wäre.

Wenn Feller hätte beschreiben sollen, worum es ihm jetzt eigentlich ging, so konnte er die Komplexität des Ganzen nicht mehr in Worte fassen. Die ganze Situation überforderte ihn permanent. Da war das Ereignis von November 1999, das eine existenzielle Dimension in seinem Leben eingenommen hatte. Mittlerweile war aber die enorme Belastung durch die vielen erfolglos verlaufenen Jahre hinzugekommen, ohne dass die Justiz bislang eine endgültige Entscheidung über dieses Ereignis und die Opferentschädigung getroffen hatte. Die Vielzahl von weiteren Klagen, Beschwerden, diversen Anträgen, Eingaben und sonstigen Verfahren, die Feller als Folgesachen bei Gericht initiiert hatte, die unendliche Dauer dieser Auseinandersetzungen und die damit einhergehende gravierende psychische Belastung waren Bestandteile eines Szenarios geworden, das Fellers Gesundheitszustand zusätzlich negativ beeinflusste. Diese für ihn unerträgliche Situation hatte Feller unermüdlich und lautstark gegenüber den Gerichten artikuliert und hatte immer wieder die schnelle Bearbeitung seiner Sachen eingefordert. Die Justiz hingegen ließ sich hiervon nicht ansatzweise beeindrucken, geschweige denn, dass seine Verfahren schneller als im Schneckentempo bearbeitet wurden und manche sogar unbearbeitet liegen blieben. So war ein Jahrzehnt vergangen, ohne dass Feller ein abschließendes Urteil in Sachen Opferentschädigung vom Obergericht bekommen hatte.

Als das Bundesverfassungsgericht im Februar 2010 schließlich die Verfassungswidrigkeit von Hartz IV-Leistungen feststellte, verspürte Feller erstmals das befriedigende Gefühl von Gerechtigkeit. Obwohl es in dieser

Entscheidung um etwas ganz anderes ging und er mit diesem Rechtsstreit gar nichts zu tun hatte, meinte Feller einen persönlichen Sieg über all die Demütigungen der letzten Jahre errungen zu haben.

Nachdem er alle aus dem Altpapier gesammelten Zeitungsartikel über dieses Urteil gelesen hatte, war er davon überzeugt, die Dimension eines größeren Ganzen verstanden zu haben. In Wahrheit ging es um etwas, das ihm bislang nicht klar gewesen war, von dem er bisher nicht einmal wusste, dass es für ihn an Bedeutung gewinnen könnte, das letztendlich aber der Kern alle seiner Klagen und Beschwerden war: Er war ein Mensch. Ein Mensch hatte Rechte. Es ging um Menschenrechte! Um nichts anderes hatte er in all den Jahren gestritten. Darauf jedoch, hatte ihn nie jemand aufmerksam gemacht.

Im Frühjahr 2010 nahm er ein Blatt Papier, legte es wie gewohnt mit der Rückseite nach oben gerichtet auf das Faxgerät im Vereinsheim der Kleingartenkolonie und tippte die Nummer des Europäischen Gerichtshofs für Menschenrechte in die Tastatur ein, die er im Internet gefunden hatte. Nach wenigen akustischen Signaltönen war das Papier im Gerät verschwunden. Als es wieder herauskam, las er die Zeilen, die er gerade nach Straßburg gefaxt hatte:

»Die deutschen Gerichte haben meine Existenz als Mensch zerstört. Bitte um Hilfe!«

Intermezzo

1

Eva wurde aus ihren Gedanken gerissen. Das Telefon klingelte. Sie schaute auf das Display, das keine Rufnummer anzeigte. Entschlossen griff sie zum Telefonhörer, sagte mit sicherer Stimme »Brandes« und wollte dem störenden Anrufer dieses Mal keine Chance für verbale Attacken geben, als sie am anderen Ende eine ferne, aber vertraute Stimme hörte »Eva bist Du's?« fragte eine leise Stimme mit ausländischem Akzent. »Bist Du denn gar nicht mehr zu erreichen?«

»Tante Mathilde?« »Honey, what the hell are you doing? Ich habe schon seit Tagen versucht dich zu erreichen.« Es war tatsächlich ihre Tante Mathilde, die seit vielen Jahren in England lebte. Immer wenn sie aufgeregt war, verwechselte sie ihre Muttersprache mit dem Englischen. Im Alter von 82 Jahren war dies kein wirklicher Grund zur Sorge, aber für Eva ein sicheres Zeichen für Mathildes fortschreitende Senilität. Manchmal sprach sie mit Eva nur Englisch, während sie mit ihren Freunden und Nachbarn in England Deutsch redete, ohne dass diese dort auch nur ein einziges Wort verstanden hätten. »Mathilde geht es dir gut?« fragte Eva besorgt. Nach ihrem letzten Besuch bei ihrer Tante vor gut einem halben Jahr war Eva verunsichert. Mathilde war damals anders als sonst gewesen. Eva hatte den Eindruck, dass

Mathilde etwas bedrückte und vor ihr verbarg. Die naheliegende Erklärung war, dass Mathilde vielleicht kränker war als sie zugeben wollte. Doch wann immer Eva das Gespräch auf diese Thema lenkte, behauptete Mathilde, bei bester Gesundheit zu sein. Äußere Anzeichen einer gravierenden Erkrankung hatte Eva tatsächlich nicht bemerkt. Als der Urlaub in England zu Ende ging, musste ihr Mathilde versprechen, sich sofort bei ihr zu melden, wenn es irgendein Problem gab. Und diese Situation war jetzt offensichtlich eingetreten. »Honey, there's's something I want you to know«. »Mathilde, geht es Dir nicht gut, was ist denn los?« fragte Eva besorgt. »I need your help«. »Mathilde, nun sag bitte, was ist …«, bat Eva ungeduldig. »There is this German judgment that says, ähhh …, also ich muss zurückerstatten more than 100.000 Pounds«. »Wie bitte? Du hast ein deutsches Urteil bekommen und musst mehr als 100.000 Pfund erstatten, um Himmels willen, das sind ja ungefähr 120.000 Euro. Weshalb denn?« fragte Eva. »For the reasons of pensions«. »Pensions?«, hakte Eva nach. »Was meinst du damit? Ist irgendetwas mit deiner Rente?« mutmaßte Eva. »Yes, Matthew's old-age pension, that's the point«. »Wieso Matthews Altersrente?« Matthew, Mathildes Mann, musste seit mehr als 15 Jahren tot sein, überschlug Eva blitzschnell. »Du willst doch wohl nicht sagen, dass es Matthews Rente noch gibt, also …« stockte sie, » …dass Du weiterhin seine Altersrente bekommst?«, durchfuhr es Eva heiß und kalt. » …and what's wrong with it?«, hörte Eva die Stimme ihrer Tante aus der Ferne. Was daran falsch ist, wollte ihre

Tante von ihr ernsthaft wissen. »Mathilde, so ziemlich alles daran ist falsch, wenn Du mir sagst, dass du immer noch von Matthews Altersrente lebst. Hast du den Behörden denn nichts mitgeteilt«, sie zögerte, » … dass Matthew nicht mehr lebt?« »No I haven't« antwortete Mathilde distanziert. Eva lenkte ein. »Mathilde, ich will dir gern helfen, das habe ich dir versprochen, als ich im Winter bei dir war. Aber ich muss mehr über diese Sache wissen. Du hast von einem judgment gesprochen. Hast du etwas Schriftliches bekommen?" »Yes, that's what I've got today and now I don't know what to do«. »Okay, ich verstehe«, stimmte Eva mit versöhnlicher Stimme an, »hast du irgendwo in der Nähe ein Faxgerät, das du benutzen kannst, zum Beispiel im post-office?« Mathilde überlegte kurz und sagte dann hoffnungsvoll »Yes, of course, …just around the corner«. »Gott sei Dank«, erwiderte Eva erleichtert, »bitte nimm das Papier, das du heute bekommen hast und schicke es mir per Fax hierher ins Gericht, am besten direkt auf meinen PC. Warte, ich gebe dir schnell meine Nummer«, und sprach Mathilde ihre zwölfstellige Faxnummer langsam in Englisch vor. »Und sag dem post-officer bitte, dass es sehr eilig ist und er das Fax sofort senden soll. Wenn es hier angekommen ist, schaue ich mir das Ganze an und rufe dich sofort zurück. Mathilde, hast du alles verstanden?« fragte Eva in fürsorglichem Ton. »Ok, honey, bye-bye«. Mathilde legte den Hörer auf.

Eva wusste nicht, was sie davon halten sollte. Ihre 82 Jahre alte Tante sollte zur Rückzahlung einer gigantischen Summe verurteilt worden sein, vorausgesetzt Mathilde hatte nicht wieder alles durcheinander gebracht. Unruhig spielte sie mit dem Kugelschreiber in ihrer Hand. Das Fax würde einige Zeit auf sich warten lassen, falls Mathilde es sofort aufgab. Die Zeit bis dahin konnte lang werden. Das Telefon klingelte wieder. Ohne dass Eva auf das Display schaute, nahm sie sofort den Hörer ab in der Gewissheit, dass Mathilde etwas vergessen hatte. »Brandes« sagte Eva mit nervöser Stimme. »Feller hier«, hörte sie die ihr nicht unbekannte Stimme ganz nah an ihrem Ohr. Einige Sekunden Schweigen, dann verwies sie ihn sofort in seine Schranken »Herr Feller ich habe jetzt keine Zeit für Sie. Rufen Sie bitte ein anderes Mal an.« »Ein anderes Mal?«, empörte sich Feller. »Was glauben Sie denn, wie lange ich noch warten soll bis Sie und Ihre Kollegen meine Verfahren endlich entscheiden? Wenn Ihr Gericht dazu offensichtlich nicht in der Lage ist …, gut, dann werde ich mich im Justizministerium beim Staatssekretär persönlich über Sie beschweren. Sie werden schon sehen …« »Herr Feller, worum geht es?« unterbrach ihn Eva. »Um meine Entschädigung«, schrie Feller ins Telefon, »das wissen Sie ganz genau und warum tun Sie seit Jahren nichts? Weil Sie und Ihre Kollegenschweine alle unter einer Decke stecken! Sie wissen doch, was für einen Bockmist der Richter mit meinem Wiederaufnahmeantrag gemacht hat. Nazirichter, das seid ihr alle!« »Herr Feller, es reicht jetzt! Ich lasse mich nicht von Ihnen beleidigen«, beendete sie das Gespräch und knallte den Telefonhörer auf den Apparat. Fahrig blätterte sie durch den Stapel von Fellers Faxen, die er in den letzten Tagen gesendet hatte. Auf ihrem Schreibtisch lagen kaum lesbare, unverständliche und irrsinnig abgefasste Beschwerden, die sie am liebsten einfach zerrissen hätte. Als erfahrene Richterin wusste sie aber, dass sie alles durchsehen musste, um auszuschließen, dass nicht doch etwas dabei war, das in einem von Fellers unzähligen Gerichtsverfahren an Bedeutung gewinnen könnte. Wenn ein wichtiges Detail eines solchen Schreibens in einem Rechtsstreit unberücksichtigt blieb, konnte Feller jederzeit einen Verfahrensfehler rügen, der spätestens in der nächsten Gerichtsinstanz Folgen zeigen würde. Solche Fehler mussten unter allen Umständen vermieden werden.

Als ihre Wut schließlich etwas nachließ, prüfte sie auch diese Faxe sorgfältig, sortierte einige aus, um sie jenen Richtern zu schicken, die Fellers Verfahren gerade bearbeiteten. Es war aber auch nicht auszuschließen, dass das Justizministerium einen Bericht über den Bearbeitungsstand seiner Verfahren anfordern würde als Reaktion auf seine ständigen Beschwerden, die er überall hin faxte. Auch deshalb konnte sie Fellers irrsinnige Schreiben nicht einfach in den Papierschredder geben.

Beschwerde/Klage gegen Entscheidungen Obergericht/ Bundesverfassungsgericht /Europäischer Gerichtshof für Menschenrechte zuletzt zugestellt vom 15.4.2010/Beschwerde, Klage gegen Deutschland, Rechtsbeugung Willkür, Befangenheit, Rechtsbeugung ALLERICHTER, **Warzer!!!,** mehr als 555.383, 17 Euro Nettoschaden

plus Zinsen, *Entschädigung!!!!!!!!!!!!!!!!!!!!!!!!!!!*
*!!!!!!!!!!!!!!!!!!!!!!!!!!!!*Entschädiguhng,   Schäääbig,-
SchÄm mich, Scham!!, ,LebenslangHartzIVLe-
benslangHartzIVLebenslang HartzIV Bezug :
hunderte von abgelehnt- en Verfahren zahl-reiche
Falscheinträge:falsch,   falsch,falsch:LLLLLLLü
üüüüüüüüüüüüüüüüüüüüüüüüüüüüüüü
üggggggeeeeeeeee! **Warzer, oderWarzen, War-**
zerAlles Lüge Entscheidungen, Beschlüsse, UR-
TEILE, BeSCHLÜSSE; uREILE; DEUTSCH
BEHÖRDEn *IM NAMEN DES VOLKES, IM*
NAMEN DES VOLKES , WELCHES VOLK,
IM NAMEN!!!!!!!!!!! .... so viele Namen, namen,
Nahmen, Namen, Im, Im, nichts als Namen Warzer !!!!!!!!!! Deutsches Gericht zuständig, deutsche
teutsche allein zuständig WArzer

Behörde allein alles allein verantwortlich Entschädigung, Entschädigung, (wisst ihr was das
isssssst? Hunger!!!) *BEHörden, BeHörden »Mer-*
mals« anch deutschen Gesetzen, schriftlich ge-
setzlich rechtlich berichigt, verzichtigt zahlreiche
Anträge auf rechtliches tatsächlichesGEhörGEhör
Gehörnt Gehörnt Gehörnt *Gehör// MENSCEN-*
RECHtE /GRUNDRECHTE/ WaS ist DAS
ÜBERHAUPT?????????????????????????????????
??? ??

vorsätzlichOpferEntschädiung:/Opferopfe-
rOpferOpferOpferOpferOpferFÜRIMME-

*ROpferOpferOpfer DES weiteren stellt sich gesetzlicher schlechterrechlticher verfassungsrechtliche Fragezustand Was überhaupt sind Gesetze und für welche Menschen Bürger WOFÜR WOFÜRwillkür Willkür WÜFÜR WARZer!!!!!!!!!!!!!!!!!!!!!!!!*JustizsasytemREc htssystem justzsystrem mit system welches systemsystemsystem**SYSTEMprotestsystemnichtsverstnadnesysteme**

RECHTssmissbräuchlich <u>RechtsMISSBRÄUCHLICHwer braucht wen den</u>*n KEIN RechtsschutzbegehrenkeineKlageart Rechtssystem Rechtsstaat/Terror/Psycho/Psychostaat/ Staatstremor:*

<u>WER IST BESITZER DES RECHTSSYSTEMS UND WERNICHT:Rechtsherr-scherFellerist !!!!!! »IM MENDESVOLKESVOLKESVOPSYCHOTERRORPSYCHOTERROR PSYCHOrmeintwasuswuswuswweeehhhhuswehhh</u>

2

Das Telefon klingelte; das Display signalisierte »Poststelle«. Sie nahm das Gespräch an und eine Frauenstimme sagte »Frau Brandes, ein Fax für Sie. Soll ich es Ihnen mit dem Boten hochschicken ...« »Nein, danke, ... ich komme 'runter und hole es gleich ab«, antwortete Eva, legte den Hörer auf und eilte aus ihrem Büro die Treppen zur Posteingangsstelle hinunter. Dort lag eine graue Mappe, auf der ihr Name handschriftlich eingetragen war. Sie nahm die Mappe an sich, rief ein kurzes »Danke« in den Raum und lief zurück.

Die Tür ihres Büros hatte sie noch nicht wieder erreicht, als sie schon auf dem Flur hörte, dass ihr Telefon unentwegt klingelte. Das Display zeigte einen externen Anruf an. Sie drückte das Gespräch sofort weg und legte den Hörer neben den Apparat. Das Fax ihrer Tante wollte sie in Ruhe lesen. Sie schlug den grauen Pappdeckel der Mappe auf, in der ein Telefax im Umfang von zehn Seiten lag. Eva sah sofort, dass es sich um das Urteil eines deutschen Gerichts handelte. Auf der ersten Seite fand sie im Rubrum den Namen und die Anschrift ihrer Tante Mathilde, die Klägerin des Rechtsstreits war und eine deutsche Behörde verklagt hatte. Am Ende der ersten Seite las sie folgenden Tenor:

»Die Klägerin wird verurteilt, 128. 077, 31 Euro der Beklagten zu erstatten. Die Klägerin trägt die Kosten des Verfahrens. Das Urteil ist vorläufig vollstreckbar«.

Eva blätterte schnell weiter bis zur letzten Seite des Papiers, das vor ihr lag. Dort befand sich die Rechtsmittelbelehrung: »Gegen dieses Urteil kann Berufung eingelegt werden. Die Berufungsfrist beträgt einen Monat nach Zustellung des Urteils. Die Berufung ist einzulegen beim ...« Ihr stockte der Atem. Dort fanden sich Name und Adresse ihres Gerichts wieder! Die Berufung war an ihrem Obergericht anzubringen und dafür verblieb nach ihrer Berechnung noch eine Frist von knapp vier Wochen. Dann würde ein Berufungsverfahren wegen Hinterziehung von Sozialleistungen gegen ihre Tante an ihrem Gericht anhängig sein. So unangenehm und peinlich diese Sache für sie auch werden konnte; das Verfahren musste auf jeden Fall allein wegen des enormen Rückforderungsbetrags durchgeführt werden. Zudem schien die Behörde die Zwangsvollstreckung gegen Mathilde eingeleitet zu haben. Es musste also dringend etwas geschehen.

Eva war jetzt so aufgeregt, dass sie nur mit Mühe die restlichen Seiten des Urteils zu lesen vermochte. Zunächst überflog sie den gesamten Text. Als sie etwas ruhiger wurde, fing sie an, Seite für Seite langsam und konzentriert durchzugehen. Es ging tatsächlich um die Erstattung von Matthews Altersrente nebst Zinsen, die nach seinem Tod im Zeitraum von November 1994 bis Mai 2010 noch ausgezahlt worden war, obwohl er gar nicht mehr lebte. Mathilde war als Erbin ihres Ehegatten verurteilt worden, den Betrag an die deutsche Behörde zu erstatten. Die Behörde hatte alle laufenden Zahlungen seit Mitte 2010 eingestellt und hatte angeordnet, den Erstattungsbetrag sofort und ohne jeden Aufschub von Mathilde zurückzuholen. Eva las auf Seite 3 des Urteils:

»Die Altersrente des verstorbenen Ehemanns war nach seinem Tod ohne Rechtsgrund auf das noch auf

seinen Namen laufende Konto bei der Durbridge Bank in England bis Mai 2010 weitergezahlt worden. Bis dahin wurden regelmäßig Barabhebungen vom Konto des Verstorbenen durch die Klägerin vorgenommen. Die Klägerin hat daher die Rentenbeträge ab November 1994 zu Unrecht in Empfang genommen und muss sie erstatten, ohne sich darauf berufen zu können, nicht gewusst zu haben, dass ihr die Altersrente ihres verstorbenen Ehemanns nicht zusteht. Nur diese Frage ist Gegenstand des Rechtsstreits. Die Klägerin hat daher vorsätzlich gehandelt und bewusst den Tod ihres Ehemanns verschwiegen, damit sie weiterhin von seiner auskömmlichen Altersrente leben konnte. Dies war zugleich eine gezielte Täuschung der Behörde. Das strafrechtliche Verhalten wird derzeit von der Staatsanwaltschaft geprüft. Der Ausgang dieses Klageverfahrens, in dem es nur um die Rückzahlung des überzahlten Rentenbetrags geht, ist hiervon unabhängig.«

Deutlicher hätten die Worte für Mathildes Fehlverhalten nicht ausfallen können. War ihre Tante eine Betrügerin, war sie zur Kriminellen geworden? So hatte sie sie jedenfalls nicht in Erinnerung. Für sie war ihre Tante immer eine rechtschaffene Frau gewesen. Sie war die Zwillingsschwester ihrer früh verstorbenen Mutter. Auch wenn die Schwestern völlig unterschiedliche Persönlichkeiten waren, erinnerte sie Eva stets an ihre Mutter. Mathilde hatte Matthew nach dem Krieg in Deutschland kennen gelernt. Damals war sie neunzehn Jahre alt, er war einundzwanzig und ein gut aussehender Bursche. Matthew war Engländer, hatte in der Armee gedient und war während des Krieges nach Deutschland gekommen. Er hatte es geschafft, den Krieg unversehrt als Sanitäter zu überstehen, dank eines Sanitätsoffiziers, der ihm nach einer leichten Verwundung gleich zu Beginn des Krieges angeboten hatte, im Sanitätsdienst zu bleiben. Dies war wahrscheinlich Matthews Lebensversicherung gewesen. Als Kind hatte Eva Matthew immer mit Staunen bewundert, weil er aus ihrer kindlichen Perspektive anders war als ihr Vater oder als deutsche Jungen, die sie kannte. Erst als sie eine junge Frau war, konnte Eva nachvollziehen, was Mathilde damals für Matthew empfunden hatte. Er war ein sehr sensibler Mann. Zwei Jahre nach ihrer ersten Begegnung hatten sie geheiratet. Es war eine Heirat gegen den Willen von Evas Großeltern. Anstelle nach England zurückzugehen, fand Matthew sofort eine gut bezahlte Anstellung als Pfleger im städtischen Krankenhaus. Ein Jahr später gebar Mathilde den ersten Sohn, drei weitere gesunde Söhne sollten folgen. Matthew fühlte sich in Deutschland sehr wohl und konnte sich hier dem Druck seiner Eltern entziehen, die weder mit seinem einfachen Lebensplan noch mit Mathilde als deutscher Schwiegertochter einverstanden waren. Trotz aller Widerstände blieb Matthew bei Mathilde. Sie hatten ein glückliches Familienleben, in dem sich Mathilde voll und ganz der Erziehung der vier Söhne widmen konnte. Matthew verdiente durch die Nachtdienste auf der Intensivstation so viel Geld, dass er Mathilde sagte, sie müsse nicht arbeiten und könne zu Hause bleiben. Mit vier Söhnen blieb Mathilde auch kaum Zeit für Anderes. Sie hatte ihre Berufsausbildung zur Stenotypistin gerade abgeschlossen; eine Berufstätigkeit hatte sie aber nicht mehr aufgenommen, weil sie Matthew heiratete.

Als Matthew älter wurde, wollte er wieder zurück in seine Heimat nach Wales an der Grenze zu Schottland. Anfangs war es ihm genug gewesen, die Urlaube mit Mathilde und den Kindern dort regelmäßig zu verbringen. Doch später sprach er immer davon, im Alter in die Heimat zurückkehren zu wollen. Mathilde stand dem Vorhaben zwar skeptisch gegenüber, konnte ihm aber nichts entgegensetzen. Schließlich forderte er die Rückkehr in seine Heimat von ihr ein. Matthew kaufte eine kleine, altersgerechte Wohnung und so zogen beide Anfang der 1990er Jahre nach Runcorn. Damals war Mathilde 62 Jahre alt. Dann verlief das Leben plötzlich anders als geplant. Matthew war Zeit seines Lebens starker Raucher gewesen. Seinen ersten Schlaganfall erlitt er kurz nach Einzug in die neue Wohnung. Mathilde pflegte ihn liebevoll und aufopfernd. Doch der körperliche Verfall ließ sich nicht lange aufhalten. Der zweite Schlaganfall folgte und machte Mathilde zur Witwe. Sie hatte Matthew versprechen müssen, ihn auf dem kleinen alten Friedhof in Runcorn zu begraben. Die Rückkehr nach Deutschland hätte für Mathilde bedeutet, von Matthew getrennt zu sein. Das war nach einem glücklichen Zusammenleben von mehr als vierzig Jahren für sie unvorstellbar. Also blieb sie und ging fast täglich zu seinem Grab.

Eva war klar, dass sich Mathilde in einer prekären Lage befand. Die Situation war verfahren und konnte für Mathilde den finanziellen Ruin bedeuten. Wovon lebte sie eigentlich, wenn die Behörde jegliche Zahlungen schon seit mehr als einem Jahr eingestellt hatte? Lebte sie etwa von staatlicher Unterstützung? Bei ihrem letzten Besuch in England hatte Mathilde nicht den Eindruck erweckt, dass es ihr finanziell schlecht ging. Jetzt aber schien die Vollstreckung des enormen Erstattungsbetrags unmittelbar bevor zu stehen; eine Summe, die Mathilde mit Sicherheit nicht aufbringen konnte, wenn sie von Matthews überzahlter Altersrente zuvor gelebt hatte. Nicht zuletzt drohte ihr eine Anklage vor dem Strafgericht und eine empfindliche Strafe, wenn sich Mathildes Unschuld dort widerlegen ließe. Vielleicht stand ihr sogar ein Gefängnisaufenthalt bevor. Eva überlegte, was jetzt zu tun war. Sie konnte unmöglich selbst die Prozessvertretung in einem Berufungsverfahren an ihrem eigenen Gericht übernehmen. Ein solches Verfahren könnte nicht nur ihren untadeligen Ruf sondern auch ihre Karriere beschädigen. Zum Glück führte Mathilde den englischen Nachnamen »Harris«, so dass niemand ihrer Kollegen auf die Idee kommen konnte, Eva könne mit der Klägerin verwandt sein. Es blieb nur eine Chance. Sie musste so schnell wie möglich einen ortsansässigen Rechtsanwalt finden, der für Mathilde vor Gericht auftreten könnte. Sie überlegte, wer dafür in Frage kam und ging alle Rechtsanwälte im Kopf durch, die sie regelmäßig in den Gerichtsverhandlungen erlebt hatte. Sie dachte dabei an den honorigen Dr. von Beindorff, einen Rechtsanwalt alter Schule, der für sein einwandfreies Auftreten, seine stilistisch brillanten Schriftsätze und seine Korrektheit und Fairness als Organ der Rechtspflege von den Richtern geschätzt wurde. Sie würde ihn gleich morgen früh in seiner Kanzlei anrufen und bitten, das Mandat zu übernehmen.

Aus einem Gefühl der Unruhe heraus stand Eva von ihrem Schreibtisch auf und schloss das Fenster. Es hatte zu regnen begonnen. Der Regen prasselte auf die metallenen Außenfensterbänke, verfing sich dort, bevor sich das Wasser seinen eigenen Weg suchte und an der grauen Fassade des Gerichtsgebäudes unkontrolliert hinab lief. Eva beobachtete dieses Spiel einige Minuten, bis der Regen etwas nachließ. Sie fragte sich, ob Dr. von Beindorff der richtige Mann für Mathildes Problem war? Konnten Honorigkeit und Korrektheit hier noch helfen? Eva hatte ihre Zweifel. Was ihrer Tante jetzt noch helfen konnte, war ein Rechtsanwalt, der das Drama beendete, der mit allen anwaltlichen Tricks bestens vertraut war und der sie auch im Strafverfahren verteidigen könnte. Dies schien ihr plötzlich die viel bessere Idee zu sein. Sie überlegte kurz, welcher Anwalt dafür in Frage kam, setzte sich wieder an ihren Schreibtisch und klickte das elektronische Rechtsanwaltsverzeichnis durch, bis sie den Namen und die Adresse von Benno Eicken las, schrieb die Telefonnummer auf einen gelben Klebezettel, stand auf, schloss ihr Büro ab, verließ das Gerichtsgebäude und fuhr mit ihrem grünen Mini-Cabrio mit geschlossenem Verdeck nach Hause.

3

Am Nachmittag saß Eva zu Hause auf ihrer Terrasse und rief gegen 16.00 Uhr in der Kanzlei von Benno Eicken an. Es klingelte zweimal, dann meldete sich eine weibliche Stimme: »Rechtsanwälte Dr. Straub und Partner, guten Tag.« »Brandes, guten Tag, ich möchte gern Herrn Eicken sprechen.« »Dr. Eicken ist heute Nachmittag nicht im Hause. Er ist erst morgen wieder zu erreichen. Kann ich Ihnen behilflich sein; in welcher Angelegenheit rufen Sie an? Ich könnte Sie an seinen Vertreter durchstellen …« »Nein, nein, danke für Ihre Mühe, ich möchte Herrn Eicken gern persönlich sprechen. Es geht um ein neues Mandat.« »Dann hinterlassen Sie bitte ihre Telefonnummer, Frau Brandes, Herr Dr. Eicken wird Sie gleich morgen früh zurückrufen.« Eva hinterließ bereitwillig ihre mobile Rufnummer, bedankte sich und beendete das Gespräch.

Dann klickte sie die Nummer von Mathilde an. Es klingelte zweimal. Eva hörte Mathildes Stimme »Harris«, »Mathilde, ich bin es, Eva«, erwiderte Eva sofort, »kannst du mich verstehen?« »Yes, honey, ich verstehe dich gut«, hörte sie Mathilde mit naher Stimme und klarem Deutsch. Sie schien jetzt nicht aufgeregt zu sein, so dass Eva mit ihr die Angelegenheit gut besprechen konnte. »Mathilde, ich habe dein Fax bekommen und mir die Sache gleich angeschaut. Ich möchte dir einen Vorschlag machen. Es scheint mir das Beste zu sein, einen Rechtsanwalt zu beauftragen, der sich um alles kümmern wird.

Wenn du damit einverstanden bist, werde ich dir einen guten Anwalt aussuchen. Und mach' dir keine Sorgen, es wird alles gut werden ...«, hörte sich Eva beruhigend auf ihre Tante einreden, obwohl sie weder mit Benno gesprochen hatte, noch Gewissheit bestand, dass er das Mandat übernehmen würde. Und selbst wenn Benno der richtige Mann für die Sache wäre, war es ein Mandat mit völlig ungewissem Ausgang. »Thank you so much, honey«, hörte sie Mathilde am anderen Ende mit erleichterter Stimme. Ich wusste, du würdest mir helfen«. Eva mochte Mathilde am Telefon nicht fragen, wie es zu dieser Sache hatte kommen können. Doch wenn es wirklich so war, wie sie in dem Urteil gelesen hatte, wieso sollte Mathilde sich dafür nicht wie jeder andere auch verantworten müssen? Die Sache war Eva sehr unangenehm. Am Telefon mochte sie Mathilde keine Fragen stellen, solange diese nicht selbst erzählte, was passiert war. Sie hatte Mitleid mit ihr und selbst wenn alles nicht rechtens gewesen sein mochte, war sie auf Mathildes Seite. Wahrscheinlich war das familiäre Band stärker als jede Gerechtigkeit. Es entstand eine Gesprächspause. Dann fuhr Eva fort »Mathilde, ich hoffe es geht dir gut, du wirst bald wieder von mir hören, und mach' dir bitte keine Sorgen«. »Yes honey, bis dahin, und thank you für deinen Anruf.«

Eva saß an einem grauen Teak-Holz Tisch, passend zu den Holzstühlen, mit denen sie ihre Terrasse ausgestattet hatte. Sie hatte Akten aus dem Gericht mitgebracht und auf dem Tisch ausgebreitet. Es waren die neuen

Eingänge in ihrem Dezernat, die sie kursorisch durcharbeitete. Es fiel ihr schwer, sich zu konzentrieren. Gegen 21.00 Uhr hatte sie alle neuen Verfahren zumindest einmal durchgesehen, sich entsprechende Notizen gemacht und sogar zwei Beschlüsse in Eilt-Verfahren diktiert. Sie überlegte. Morgen früh würde sie erst auf Bennos Anruf warten, von Zuhause aus die Angelegenheit ungestört mit ihm besprechen und erst danach ins Gericht fahren.

4

Am nächsten Morgen saß sie mit einer Tasse Kaffee und der aufgeschlagenen Tageszeitung am Frühstückstisch. Sie hatte ihr Handy neben ihre Kaffeetasse gelegt, weil sie Bennos Anruf auf keinen Fall versäumen wollte. Bis 9.30 Uhr würde sie warten, wenn sich Benno dann noch nicht gemeldet hatte, würde sie selbst in der Kanzlei anrufen. Als sie kurz vor 10.00 Uhr immer noch keinen Anruf bekommen hatte, tippte sie Bennos Kanzleinummer ein. »Rechtsanwälte Dr. Straub und Partner, guten Morgen,« hörte sie dieselbe weibliche Stimme wie tags zuvor. »Brandes, guten Morgen, ich hatte gestern schon versucht, Herrn Eicken zu erreichen, könnte ich ihn jetzt bitte sprechen«? » Ja, Sie haben Glück, Dr. Eicken ist gerade eingetroffen, einen Moment bitte, ich stelle durch …« Eva hörte im Hintergrund eine ihr unbekannte Melodie in der Warteschleife, und plötzlich eine kräftige sonore Männerstimme: »Eicken am Apparat, guten Morgen«. »Ja, hier ist Eva Brandes, wir waren Referendarkollegen …«, sagte Eva unsicher. »Eva, die Eva Brandes …?«, hörte sie am anderen Ende. »Ja, sicher Eva, erinnere ich mich an dich, an die Referendariatsbeste, der ich so manche bestandene Klausur zu verdanken habe …«, lachte Benno laut. »Wie geht's dir und vor allem wie komme ich zu der Ehre? Ich habe gehört, du bist inzwischen am Obergericht tätig?«.

Wahrscheinlich wollte sie ihm eines dieser Prozesskostenhilfemandate andienen, die üblicherweise sehr viel Arbeit machten, nur wenig Geld brachten und auf die er seit langem nun wirklich nicht mehr angewiesen war, dachte er sich insgeheim. »Benno ich rufe dich an, weil ich dringend einen Anwalt in eigener Sache brauche, oder besser gesagt meine betagte Tante Mathilde. Sie hat ein sehr unerfreuliches Urteil in der ersten Instanz kassiert. Ich brauche einen Anwalt, der sie im Berufungsverfahren vertritt. Es ist dringend, weil die Behörde offensichtlich vollstrecken will.« »Moment mal, nicht ganz so schnell, also worum geht es eigentlich?« »Ich befürchte, dass meine Tante die Altersrente ihres verstorbenen Ehemannes jahrelang hinterzogen hat und die Rückforderung sie jetzt in den finanziellen Ruin stürzen wird. Ich habe keine Ahnung, was tatsächlich passiert ist und wovon sie im Moment lebt.« »Das hört sich nicht gut an. Ich müsste mir die Sache anschauen und gebe dir danach Rückmeldung. Eva, ich habe gleich einen wichtigen Termin beim Landgericht und muss mich jetzt auf den Weg machen. Wenn du willst, könnten wir uns gegen Mittag in der Gerichtskantine treffen«. »Nein, das wird heute

Mittag leider nicht gehen«, wandte Eva schnell ein, ohne einen Grund zu nennen. Nicht, dass sie gegen Mittag verhindert war. Sie wollte aber unter allen Umständen vermeiden, mit einem Rechtsanwalt in der Gerichtskantine gesehen zu werden. Im Zweifel hörte dort jeder die Gespräche mit oder nahm zumindest Gesprächsfetzen auf, die sich dann verselbständigten. »Benno, es ist wirklich dringend«. »Dann kann ich dir nur anbieten, heute Abend in meiner Kanzlei vorbeizukommen. Gegen 17.00 Uhr habe ich das letzte Mandantengespräch. Komm am besten gegen 18.00 Uhr und bringe alle Unterlagen mit«. »Ok, das passt gut, ich danke dir«, fiel Eva ein Stein vom Herzen.

Faxe, Faxe, Faxe

Seit Tagen war es in der Gartenlaube kaum noch aus-
zuhalten. Die Sonne hatte den engen Raum aufgeheizt
und stickig gemacht, sodass sich Feller fast nur draußen
aufhielt. Gegen Mittag saß er bei sengender Hitze nur
mit einer grünen Latzhose bekleidet auf einem weißen
Monoblock-Stuhl im Garten und suchte Pfandflaschen
aus großen Plastiktüten heraus, die er auf einer seiner
Touren eingesammelt hatte. Die Ausbeute war mehr als
gut. Die Ausflügler hatten viel Müll in seinem Revier liegen lassen. Vom Pfandgeld wollte er sich wieder Vorräte
an Bier und billigem Schnaps anlegen. Diese Aussicht
hatte ihn darin bestärkt, sich heute volllaufen zu lassen.

Nebenbei holte er alte Zeitungen aus einem kleinen
Schuppen, der unmittelbar an die Gartenlaube grenzte
und in der er all den Müll lagerte, den er heute sortieren
wollte. Er zerriss Tageszeitungen, Magazine, Broschüren
und bunte Hefte; formte aus ihren Seiten Papierkugeln
in Tennisballgröße und warf sie von seinem Stuhl aus auf
eine von der Sonne verbrannte braune Stelle des Rasens.
Anfangs war es eine sportliche Herausforderung für ihn
gewesen. Der Schnaps aber zeigte Wirkung und so verlor sich die Präzision des Spiels in einem aussichtlosen
Unterfangen.

Gegen 14.00 Uhr radelte der Postbote an Fellers Parzelle
vorbei. »Hallo Feller, ist wieder 'ne ganze Menge für dich

dabei«. Er hielt an und stellte sein Fahrrad ab, nahm einen Stapel von Briefen aus seiner Packtasche, den er Feller einfach in die Hand drückte. »Schönen Tag noch« und schon setzte er seinen Weg auf dem Fahrrad fort. Wenn Feller wie heute schon am frühen Nachmittag nach Alkohol stank, war es besser, ihm aus dem Weg zu gehen.

Feller nahm die Briefe, ging leicht wankend zurück und setzte sich wieder auf den Monoblock-Stuhl. Mit unsicherer Hand ertastete er sein Schweizer Messer, fingerte es aus der Fronttasche seiner Latzhose heraus und öffnete unbeholfen einen Brief nach dem anderen. Es waren fast nur Schreiben von Behörden oder anderen Stellen, die sich für seine Beschwerden förmlich bedankten und ihm den Eingang seiner Faxe vom Soundsovieltesten bestätigten. Früher hatte er auch solche Eingangsbestätigungen gesammelt; heute war ihm danach, sie genauso wie die alten Zeitungsseiten zu zerknüllen und im hohen Bogen auf den Papierhaufen zu werfen. Doch inzwischen war es für ihn unmöglich geworden, einen festen Punkt anzupeilen oder das Papier dort exakt hinzubefördern.

Nach einer Weile hielt er einen grünen Umschlag mit dem Absender »Justiz« in der Hand. Mit der scharfen Klinge seines Messers trennte er den Umschlag ungeduldig auf und hätte fast das Schriftstück zerschnitten, das er, betrunken wie er war, dem Umschlag entriss.

»Der Wiederaufnahmeantrag auf Opferentschädi-
gung wird wegen Prozessunfähigkeit des Klägers als
unzulässig verworfen«,

hätte Feller lesen können, wäre er nüchtern gewesen. So
war das Wort »Prozessunfähigkeit« das Einzige, was in
seinem Rausch bei ihm hängen blieb. Damit war offensichtlich er gemeint. Die restlichen Seiten verschwommen vor seinen Augen. Er blätterte vor und zurück, trank
dabei mehrere kräftige Schlucke aus der Schnapsflasche
und lallte laut vor sich hin »Prozessunfähig, von wegen
prozessunfähig, ihr werdet schon sehen, was ihr davon
habt ...«. Unsicher stand er von seinem Stuhl auf und
brüllte durch den Garten: »Fertigmachen, das ist es, was
ihr wollt, mich fertigmachen ... Nazis, Nazis! ....Das
seid ihr alle ..., Verbrecher!«

Feller wiederholte diesen Refrain immer wieder und ver-
schonte die Vereinsmitglieder der umliegenden Parzellen
wieder einmal nicht mit seinen ätzenden Beschimpfungen. Doch die mieden ihn ohnehin und gingen ihm
erst recht aus dem Weg, wenn er wieder in solcher Miss-
laune war. Schließlich stolperte Feller ungelenk zum
Papierhaufen, holte aus der einen Seitentasche seiner
Latzhose ein Feuerzeug hervor und zündete das Papier
an. In Sekundenschnelle fing der Papierhaufen Feuer,
es rußte stark und stank erbärmlich. Feller versuchte
derweil, wie ein Indianer um das Lagerfeuer herum-
zutänzeln und brüllte dabei laut »Mich Fertigmachen
das wollt ihr, Fertigmachen, Fertigmachen .... das wollt

ihr …«. Das ganze Spektakel dauerte einige Minuten, dann hielt er abrupt inne, trampelte das Feuer wie von Sinnen aus und pinkelte über der Glut, bis der letzte Funke erloschen war. Wankend verließ er seine Parzelle. In der linken Hand hielt er die auseinander gerissenen Seiten des Urteils, von denen die Glut einige Ränder schwarz verfärbt hatte, in der rechten Hand hielt er die Schnapsflasche. Torkelnd bewältige er den kurzen Weg zum Vereinsheim der Kleingartenkolonie, fiel auf die Stufen, zog sich am Geländer wieder hoch und erreichte so das Büro des Vereinsheims. Am Mittwochnachmittag war Ruhetag, so dass Feller völlig ungestört war. Wütend riss er im Büro einen Ordner nach dem anderen aus dem Regal, in denen er seit Jahren den Schriftverkehr mit den Behörden und der Justiz gesammelt hatte. Ungehalten zerpflückte er die Heftungen, riss Blätter heraus, nahm einen schwarzen Filzstift und schrieb in großen Lettern so gut er noch konnte irgendein Zeug auf das bedruckte Papier und steckte eine Seite nach der anderen wie von Sinnen in das Faxgerät. Er musste nur Taste 3 drücken, schon wurde die eingespeicherte Nummer des Justizministeriums angewählt und das Papier wurde im nächsten Moment vom Gerät eingezogen. So bekritzelte er ein Papier nach dem anderen und hielt es in den Einzug des Geräts. Es waren zig Faxe, die das Gerät in der Kürze der Zeit sendete. Das ging eine ganze Weile gut.

Feller spülte nebenbei seinen Ärger mit Schnaps hinunter. Er saß in seiner durchgeschwitzten Latzhose auf einem Bürostuhl direkt vor dem Gerät. Seine Haut glänzte und von seiner Stirn tropfte der Schweiß auf den Fußboden, der mittlerweile von Papieren übersät war. Das Faxgerät war heiß gelaufen und spuckte das Papier nicht mehr aus. Feller war schon lange nicht mehr in der Lage, das Gerät in Ordnung zu bringen oder die DIN-A4 Seiten aufzusammeln. Völlig betrunken saß er vor dem piependen Faxgerät und nichts ging mehr.

Schon beim ersten Papierstau hatte Feller zum Telefonhörer gegriffen. Der Einfachheit halber war das Justizministerium auch unter der Nummer 3 abgespeichert. Diese Taste drückte er jetzt und als sich am anderen Ende eine weibliche Stimme mit »Justizministerium, guten Tag, womit kann ich Ihnen behilflich sein?«, meldete, lallte er laut ins Telefon: »Ich will den Justizminister sprechen, persönlich, aber sofort … Die haben mich für prozessunfähig erklärt, die Schweine. Alles Nazis! …«.

Geraume Zeit war so vergangen, in der Feller unentwegt Behörden- und Gerichtsschreiben mit seinen Kritzeleien beschmiert und wie von Sinnen Faxe geschickt hatte, immer wieder ins Telefon gebrüllt und nach dem Justizminister verlangt hatte – solange, bis schließlich zwei Polizisten in Uniform vor ihm standen.

Szenen

1

Gegen 11.00 Uhr erreichte Eva das Gerichtsgebäude, parkte ihren Mini direkt vor dem Haupteingang, durchquerte die Eingangspforte, grüßte auf dem Weg zu ihrem Büro die Pförtnerin und nickte freundlich den Wachtmeistern zu, die die voll beladenen Aktenwagen auf den engen Fluren des Gerichtsgebäudes vor sich herschoben. Eva fuhr wie gewohnt mit dem Fahrstuhl in die erste Etage und noch bevor sie ihr Büro erreichen konnte, fing sie das Vorzimmer ab. »Der Präsident möchte Sie sofort sprechen« sagte die Präsidentin sehr bestimmt. »Er ist außer sich«, fügte sie leise hinzu. Eva schaute sie fragend an, doch die Präsidentin war sofort wieder in ihrem Vorzimmer verschwunden. Eva wusste nicht, was sie davon halten sollte, schloss die Tür zu ihrem Büro auf, legte Aktentasche und Strickjacke schnell beiseite, nahm Block und Bleistift zur Hand und stand etwa eine Minute später im Zimmer des Präsidenten.

Der Präsident blickte aus dem Fenster und kehrte ihr, anders als sie es gewohnt war, den Rücken zu. Seine abgewandte Haltung zeugte von einer Distanz, die Eva nicht nachvollziehen konnte. »Guten Tag Frau Brandes, wo waren Sie?« Eva empfand die Frage distanzlos. Sie musste sich auch nicht gegenüber dem Präsidenten für ihre Abwesenheit im Gericht entschuldigen, denn an bestimmte

Arbeitszeiten war sie als Richterin dank ihrer Unabhängigkeit nicht gebunden. Ausweichend fragte sie deshalb »Liegt etwas Besonderes an«? Und diese Frage war es, die den Präsidenten völlig die Fassung verlieren ließ. »Sie fragen mich, ob etwas Besonderes anliegt? Frau Brandes, die Hütte brennt und Sie sind seit gestern Nachmittag nicht zu erreichen.« Eva konnte kaum an sich halten, sah dann aber von der provokanten Gegenfrage ab, ob sein Vorzimmer gestern Nachmittag nicht besetzt gewesen sei. Mit dem Vorzimmer hatte sie die Absprache getroffen, dass sie in dringenden Fällen jederzeit auf ihrem Handy erreichbar war, wenn sie nicht im Gericht war. Einen dienstlichen Anruf hatte sie seit gestern aber mit Sicherheit nicht bekommen. »Herr Präsident«, wurde Eva jetzt förmlich, »entschuldigen Sie bitte, ich weiß leider nicht, worum es hier geht.« »Den Eindruck habe ich auch! Jetzt muss ich Ihnen berichten, was hier gestern los war; an sich dürfte ich das wohl von Ihnen erwarten«, ließ er seinem Ärger freien Lauf. »Unser Dauerkläger Feller hat es geschafft, das Justizministerium gestern Nachmittag lahmzulegen. Die Telefon- und Faxanlage war dort über Stunden ausgefallen. Nichts ging mehr. Feller hat mehr als hundert Faxe innerhalb kürzester Zeit geschickt und parallel dazu ständig im Ministerbüro angerufen, weil er den Justizminister sprechen wollte. Es war ein komplettes Chaos. Er faselte etwas davon, dass einer unserer Richter ihm seine Prozessfähigkeit aberkannt haben soll. Der Staatssekretär hat dann gestern Nachmittag versucht, einen Verantwortlichen hier im Gericht zu erreichen, um die Sache sofort auf dem kleinen Dienstweg zu klären. »Ein aussichtsloses Unterfangen«, hat er mir vorgeworfen, als er mich schließlich fast vom Rednerpult bei der Tagung im Kongress-Centrum mit seinem Anruf geholt hat«.

»Hat Feller noch etwas anderes moniert?« nutzte Eva die Atempause des Präsidenten in der Befürchtung, dass das Ganze ihr galt, weil sie ihn die letzten Male am Telefon unfreundlich behandelt hatte. »Keine Ahnung, als er jedenfalls dazu überging, das Justizministerium als Stasi-Zentrale zu beschimpfen, den Staatssekretär als Sonderbeauftragten der Stasi zu diffamieren und unser Gericht mal wieder als Nazigericht titulierte, hat es dem Staatssekretär gereicht. Er hat die Staatsanwaltschaft eingeschaltet, die zwei Polizisten bei Feller vorbeigeschickt hat, der sturzbetrunken im Vereinsheim einer Kleingartenkolonie vor dem Faxgerät gehockt haben soll; der Boden übersät mit vollgekritzelten Papieren, die am Ende im Faxgerät stecken geblieben sind.« »Und dann?« warf Eva ein. »Die Polizeibeamten haben das Gerät abgestellt, seine Personalien festgestellt, ihn in seine Gartenlaube begleitet, wo er angeblich vorübergehend wohnt und ihm nahegelegt sich zu beruhigen, weil sie ihn ansonsten in Gewahrsam hätten nehmen müssen. Die Polizeiuniformen haben ihn offensichtlich beeindruckt, gewalttätig soll er jedenfalls nicht gewesen sein.« »Und hat die Polizei das Faxgerät beschlagnahmt?«, wollte Eva in der Hoffnung wissen, ob Fellers wichtigstes Arbeitsmittel, mit dem er die Justiz seit Jahren belästigte, auf elegante Art eleminiert worden war. »Das weiß ich nicht, das

Gerät gehört wohl dem Kleingartenverein. Feller hat es an dem Nachmittag ohne Kenntnis eines Vereinsverantwortlichen benutzt«, beruhigte sich der Präsident langsam wieder. »Frau Brandes, ich möchte, dass jetzt sofort geklärt wird, was an der Sache mit der angeblichen Prozessunfähigkeit dran ist, wie viele Verfahren Feller hier anhängig hat und wie der Bearbeitungsstand ist. Den Bericht an das Ministerium werde ich unterschreiben. Vielen Dank Frau Brandes.« Das war eine klare Anweisung; die Angelegenheit war zur Chefsache geworden.

2

Eva ging sofort zurück in ihr Büro, ohne die Präsidentin zu beachten. Auf Ihrem Schreibtisch lag eine graue Umlaufmappe mit dem roten Eilt-Aufdruck. Sie schlug die Mappe auf. Da lagen sie unsortiert übereinander, eine Unmenge von Papieren, die Feller gestern produziert hatte. Sie blätterte den Stapel durch, schaute jedes Blatt an. Das Schriftbild schien sich auf allen Papieren zu wiederholen: Ausrufungs- und Fragezeichen, einzelne und mehrfache Unterstreichungen, Hervorhebung von Wörtern durch große Buchstaben in mindestens 16er Größe, Fettschrift, selbst erdachte Rechtschreibung, unbekannte Kunstwörter und Satzzeichen, die sich eigene Wege suchten, alles versehen mit handschriftlichen Anmerkungen und Randbemerkungen, die mit dickem schwarzen Filzschrift auf Kopien einzelner Seiten von Urteilen, Beschlüssen und Behördenschreiben mit den üblichen Beschimpfungen und Beleidigungen gekritzelt waren. Für einen Graphologen hätte sich mit Sicherheit ein interessantes Forschungsfeld eröffnet. Eva musste an manchen Passagen schmunzeln, denn Fellers Kommentare über Bürokratie hatten eine verblüffende, manchmal geradezu komische Naivität. Unmöglich war es für sie, auch nur einziges der vielen Faxe den anhängigen Berufungsverfahren thematisch zuzuordnen. Feller hielt sich eben nicht an die bürokratische Gerichtsordnung, die nur durch die Mitteilung von Aktenzeichen funktionierte.

Eva fuhr Eva ihren PC hoch, klickte auf dem Desktop den link »Justitia« an, das gerichtsinterne elektronische Aktenverwaltungssystem. In Sekundenschnelle hatte sie auf ihrem PC einen Überblick über alle am Gericht anhängigen Verfahren, geordnet nach Aktenzeichen, Kläger, Beklagte, Streitgegenstand und Bearbeitungsdauer. Sie gab den Namen »Horst Feller« in die Maske ein. Es öffnete sich ein grau unterlegtes Feld, das über 500 Einträge anzeigte; Verfahren, die Feller in den letzten Jahren an ihrem Gericht eingereicht hatte. Die meisten davon waren abgeschlossen und als erledigt markiert, viele der Verfahren waren ruhend gestellt, ohne dass das System ihr hierfür einen Grund anzeigte. Eva klickte die noch offenen, unerledigten Verfahren an, deren Felder gelb unterlegt waren. Dies waren allein 63 Verfahren, die quer über alle Senate des Obergerichts verteilt waren. Dies bedeutete, dass jeder Richter ihres Gerichts mit Feller als Kläger zu tun hatte.

Eva klickte sich durch Justitia schnell durch, gelangte so zu Fellers jüngsten Verfahren. Wenn Feller nicht bloß völligen Unsinn geredet und ihn tatsächlich ein Richter für prozessunfähig erklärt hatte, musste es sich um ein ganz neues Verfahren handeln, denn diese Nachricht hätte sich in Windeseile im gesamten Gerichtsbezirk herumgesprochen. Justitia zeigte ihr zwei Verfahren an, die vor kurzem eingegangen waren: Eine Beschwerde im Eilt-Verfahren, in dem es um Hartz IV-Leistungen ging und eine Berufung in einem Opferentschädigungsverfahren. Sie klickte auf das Bearbeiterfeld und es wurden ihr die Namen der Richter angezeigt, die diese Verfahren bearbeiteten: Richter Schnell und Vorsitzender Richter Dr. Walther. Sie loggte sich aus Justitia aus und suchte im elektronischen Telefonverzeichnis nach den Nummern der beiden Richter.

3

Zuerst rief sie Richter Schnell an und hatte ihn sofort am Apparat. »Schnell, guten Tag Frau Brandes« meldete sich der Richter. »Guten Tag Herr Schnell, ich habe eine Frage zu einem Verfahren von Horst Feller; Sie wissen schon … Wenn es Ihnen passt, würde ich gern bei Ihnen vorbei kommen …« Eva konnte nicht ausreden, schon wurde sie von Richter Schnell unterbrochen, der seinem Namen auch wegen der Sprechgeschwindigkeit alle Ehre machte: »Ja das ist mein Verfahren, worum es geht, kann ich Ihnen gleich am Telefon sagen«. Darauf ließ sich Eva gern ein und sagte: »Feller hat sich im Justizministerium darüber beschwert, dass ihn ein Richter für prozessunfähig erklärt haben soll. Ist das Ihr Verfahren?« »Feller für prozessunfähig erklärt?« »Ja, das wäre schön!«, lachte Richter Schnell, »dann hätten wir wohl alle weniger zu tun. Nein, davon habe ich leider noch nichts gehört. In meinem Dezernat ist nur noch ein einziges Verfahren von Feller; alle anderen habe ich so schnell wie möglich erledigt«. »Und worum geht es da?«, wollte Eva wissen. »In dem noch nicht entschiedenen Verfahren hat Feller hier Beschwerde eingelegt. Stellen Sie sich vor, er hat in erster Instanz eine einstweilige Anordnung beantragt, weil er meint, die Hartz IV-Behörde hätte sich verrechnet und hätte ihm genau 20 Cent zu wenig an monatlichem Grundbetrag ausgezahlt. Weil der ausgezahlte Betrag unter dem Existenzminimum liegt, den das Bundesverfassungsgericht letztes Jahr als unterste Grenze festgelegt hat, meint er in seiner Menschenwürde verletzt zu sein. Der erstinstanzliche Richter hat Feller mangels Rechtsschutzbedürfnis abgeschmiert. Soweit so gut. Doch dann hat der Richter tatsächlich die Beschwerde an das Obergericht zugelassen, weil er meinte, die Angelegenheit hätte grundsätzliche Bedeutung. Ich wundere mich, dass er sie nicht gleich dem Europäischen Gerichtshof für Menschrechte vorgelegt hat«, steigerte sich Schnell im Sprechtempo und in der Lautstärke. »Und was gedenken Sie jetzt zu tun?« unterbrach ihn Eva und hielt den Telefonhörer etwas weiter vom Ohr entfernt. »Ich hatte Feller geschrieben und ihm unter Fristsetzung nahe gelegt, das Verfahren zu beenden. Darauf hat er hier angerufen und mich auf der Geschäftsstelle als fauler Schweinerichter beschimpft, der sich nur vor der Arbeit drücken wollte. Meine Geduld mit ihm war dann zu Ende. Ich habe ihn zurückgerufen und ihm nahe gelegt, seine Kontonummer auf der Geschäftsstelle zu hinterlassen, weil ich ihm persönlich die 20 Cent mit Zinsen auf sein Konto überweisen würde, wenn dann endlich Ruhe wäre. Für mich ist die Angelegenheit damit erledigt. Das Verfahren ist völlig rechtsmissbräuchlich und wurde nur zum Selbstzweck angestrengt. Ich werde es aus Justitia als erledigt austragen lassen.« Der Richter musste tief einatmen, bevor er fortfuhr »Frau Brandes, ich kann meine Zeit nicht mit solchem hirnrissigen Unsinn vergeuden; ich habe noch über 250 schwierige Sachen in meinem Dezernat zu bearbeiten und die Menschen dürfen zeitnahe und fundierte Entscheidungen erwarten.« Dem war aus Evas Sicht nichts hinzuzufügen. Sie bedankte sich und legte den Hörer auf.

Danach wählte sie die Nummer von Vorsitzendem Richter Dr. Walther, der seinen Anrufbeantworter angeschaltet hatte und dessen verzerrte Stimme wissen ließ, dass er erst morgen wieder im Gericht zu erreichen sei. Sie hinterließ ihm eine Nachricht, dass sie ihn morgen früh in Sachen Feller sprechen wolle.

Sie schaute auf die Uhr. Es war bereits 15.30 Uhr. Sie war sich sicher, dass Dr. Walther ihr morgen einiges über Feller berichten würde. Der Name Dr. Walther rief bei Eva den Vorgang der Präsidentennachfolge wieder ins

Gedächtnis, um den sie sich bisher noch nicht weiter gekümmert hatte. Mathilde und Feller hatten ihren Arbeitsplan in völlige Unordnung gebracht. Zum Glück hatte der Präsident noch nicht wieder über seinen in Kürze bevorstehenden Ruhestand gesprochen und sie auch nicht um den Vorschlag eines geeigneten Kandidaten aus dem Bewerberfeld gebeten.

Gegen 18.00 Uhr musste sie in der Kanzlei von Benno Eicken sein. Bis dahin konnte sie die Zeit noch nutzen, um den Bericht über Fellers Verfahren an das Justizministerium zumindest vorzubereiten. Sie loggte sie sich wieder in Justitia ein und fing an, alle hierfür erforderlichen Daten und Informationen in ein Diktiergerät zu sprechen.

Rendezvous

Bevor Eva gegen 17. 15 Uhr das Gerichtsgebäude verließ, erinnerte sie sich, eine Kopie von Mathildes Fax für Benno zu ziehen, steckte alles in einen beigefarbenen Umschlag, den sie in ihre Aktentasche legte. Als sie aus dem Haupteingang schnellen Schrittes in Richtung Parkplatz ging, kam ein leichter Wind auf. Es war immer noch sehr warm, auch wenn der Wetterbericht kühleres Wetter angekündigt hatte. Diese Aussicht hielt sich nicht davon ab, das Verdeck ihres Minis zu öffnen. Sie gab in das Navigationsgerät »Waldallee10« ein. Das farbige Display zeigte ihr eine Wegstrecke an, für die sie 21 Minuten benötigen würde; der Stadtverkehr war zu dieser Zeit noch zähfließend. Kurz vor 18.00 Uhr bog sie in die Waldallee ein. Zur rechten Seite zog sich der grüne Stadtwald entlang, gesäumt von Parkbuchten, die mit großen, meist dunklen Karossen belegt waren. Auf der linken Seite residierten Villen aus der Jahrhundertwende in großzügig angelegten Gärten. Ein junger Porsche Cayenne – Fahrer überließ ihr seine Parklücke, die sie mit ihrem Mini bei weitem nicht ausfüllte. Eva schloss das offene Verdeck, blieb in ihrem Auto sitzen und blickte direkt auf das Haus mit der Nummer 10. Die grau-blaue Gründerzeitvilla war eingerahmt von einem herrschaftlichen Garten mit altem Baumbestand und üppig blühenden, weißen Hortensienbüschen. Von ihrem Auto aus konnte sie das überdimensionierte Praxisschild der Kanzlei selbst von der anderen Straßenseite noch lesen: »Rechtsanwälte und Notare Dr. Straub und Partner« stand an oberster Stelle, darunter folgten mindestens zehn weitere Metallschilder, auf denen die Namen verschiedener Rechtsanwälte mit ihren jeweiligen Fachanwaltsbezeichnungen eingraviert waren. Bereits an vierter Stelle las sie »Dr. Benjamin Eicken, Fachanwalt für Wirtschaftsrecht«. Im selben Moment schoss ihr der Gedanke durch den Kopf, dass es sich vielleicht um eine Verwechselung handeln könnte. War es tatsächlich dieser Benno, den sie als Referendarin kennen gelernt hatte? War es eine gute Idee, Benno nach all den Jahren aufzusuchen oder wäre es vielleicht das Beste, unverrichteter Dinge zurückzufahren?

Kurz nach 18.00 Uhr stieg sie schließlich aus ihrem Auto aus, eilte über die Straße und ging auf einem natursteingepflasterten Weg zum Eingang der Kanzlei. Sie berührte kurz die Messing farbene Klingel und die schwere Tür öffnete sich sofort automatisch. Durch das geschliffene Glas konnte sie in das Foyer schauen. Eine freundliche Dame, mit der sie wahrscheinlich telefoniert hatte, signalisierte ihr in der Bibliothek zu warten. In den deckenhohen Regalen der Bibliothek standen Kommentarreihen, Monographien, Zeitschriften- Rechtsprechungs- und Gesetzessammlungen chronologisch geordnet nach Jahrgängen. Die Menge und Qualität der Bücher hätten es ohne weiteres mit der Bibliothek eines mittelgroßen Gerichts aufnehmen können. Der gravierende Unterschied war, dass das gesamte Mobiliar hier äußerst hochwertig erschien. Eva nahm auf einem schwarzen ledernen Freischwinger Platz und blickte an einem langen Konferenztisch aus Marmor hinunter. Es vergingen einige Minuten. Eva bemühte sich jedes Anzeichen von Nervosität zu vermeiden. Dennoch waren ihre Innenhandflächen feucht, als Benno plötzlich vor ihr stand, ihr die Hand entgegen streckte und sie herzlich willkommen hieß. »Du hast dich gar nicht verändert«, sprudelte es spontan aus ihm heraus, auch wenn er die feinen Linien in Evas Gesicht sofort bemerkt hatte, die ihre Augen anfingen zu säumen. Das strahlende Blau und die Ausdrucksstärke ihrer Augen waren das Besondere in Evas Gesicht. Dafür hatte er sie schon als Referendar bewundert. »Du auch nicht«, erwiderte sie spontan und in dem Moment wusste sie sofort, das Gegenteil war der Fall. Sie war völlig überrascht von Bennos souveränem Auftritt in dieser beeindruckenden Kanzlei. Vor ihr stand ein erfolgreicher Anwalt, Anfang vierzig, in einem tadellos sitzenden, wahrscheinlich maßgefertigten Anzug mit eleganten braunen Budapestern und einem freundlichen Lächeln im Gesicht. »Seit wann bist du promoviert?«, war die erste, völlig unpassende Frage, die Eva in ihrer Verlegenheit einfiel. »Gut zwei Jahre ist es her, ... an der Uni in Budapest, berufsbegleitend«, gab Benno gern Auskunft. »Rechtsvergleichend über ungarisches Recht, wahrscheinlich«, spöttelte Eva. »Keineswegs«, wiegelte Benno ab; es ist ein seriöses Thema: »Europäische Verfahrensgarantien aus rechtsanwaltlicher Sicht«, betreut von zwei deutschen ordentlichen Professoren; war ein ganz schöner Ritt, aber das wird hier erwartet«, erwiderte Benno selbstbewusst. »Mein Seniorchef hat die

Bedingung gestellt, dass die Arbeit »vroni- plagg« unbeschadet passieren muss. Dann könnte ich mit einer Gehaltserhöhung rechnen«. »Und«? fragte Eva. »Kein pace and copy, keine Beanstandungen. Ansonsten hätte ich hier mit Sicherheit meinen Hut nehmen können. Dafür habe ich jetzt die gute Aussicht auf eine Partnerschaft«, sagte Benno stolz. »Nicht schlecht«, antwortete Eva und ein wenig Neid schwang wohl in ihrer Bemerkung mit. Eine Gesprächspause trat ein, die Eva unangenehm war. Aus irgendeinem Grund fiel ihr der small-talk schwer, obwohl sie ansonsten sehr eloquent war. Benno unterbrach die Stille und fragte »Magst du mit in mein Büro kommen? Hier in der Bibliothek führe ich nur ungern Gespräche«, und deutete auf den langen, weiß gestrichen Flur, in dem große Landschaftsbilder und Stillleben in Öl von kleinen modernen Leuchten angestrahlt wurden.

Bennos Büro beeindruckte nicht nur durch seine enorme Größe; der gesamte Parkettfußboden des Raumes war ein Meer von Aktenbergen. Als sich Benno hinter seinen großen Schreibtisch setzte, musste er einen Stapel von Akten auf die andere Seite des Tisches schieben, um Eva direkt anblicken zu können. Währenddessen hatte sie auf einem antiken Holzstuhl Platz genommen und die kurze Zeit genutzt, um ihre gewohnte Sicherheit zurück zu gewinnen. Mit einem Blinzeln in den Augen sagte sie: »Über mangelnde Arbeit scheinst du nicht klagen zu können, mit diesen Aktenbergen kannst du selbst die Justiz noch beeindrucken.« »Du meinst die Justiz, die gerade vor mir Platz genommen hat?«, gab Benno auf gleicher Ebene zurück, womit für beide das Eis gebrochen war. »Ja, meine Arbeitswoche hat nie unter 60 Stunden an 6 Tagen die Woche. Zeit für anderes bleibt leider nicht; aber der Job macht viel Spaß«, erwiderte Benno. Die naheliegende Nachfrage zu privaten Dingen vermied Eva, so dass sie gleich zum Grund ihres Besuchs kam. Sie griff zu ihrer Aktentasche und zog den beigefarbenen Umschlag heraus, den sie Benno gab. »Da ist es, das Urteil von dem ich dir am Telefon erzählt habe«. Benno zog die Kopie aus dem Umschlag und sah prüfend das Rubrum des Urteils an. »Deine Tante ist Engländerin und wohnt in England? Wieso eine deutsches Urteil? Muss sie nicht in England klagen?«, fragte Benno während er durch die Seiten des Urteils blätterte. »Tante Mathilde ist Deutsche und hat mit ihrem Mann, der Engländer war, Jahrzehnte in Deutschland gelebt. Matthew hat Zeit seines Lebens in Deutschland gearbeitet. Die Beiden sind erst nach England gegangen, als Matthew schon im Ruhestand war. Die deutsche Behörde hat Matthews Rente dann einfach nur nach England überwiesen. Sein Rentenanspruch ist deshalb nach deutschem Recht entstanden und danach richtet sich auch die Rückforderung. Der Gerichtsstandort ergibt sich aus der Prozessordnung, der sich nach dem Standort der deutschen Behörde richtet«, dozierte Eva. »Vielen Dank für den rechtlichen Hinweis, Frau Oberrichterin«, gab ihr Benno zu verstehen. »Nenn mich bitte nicht Oberrichterin«, gab Eva mit überraschender Schärfe zurück. Da war es wieder, das Gefühl, das sie schon früher in Bennos Anwesenheit oft gehabt hatte. Sie dachte schon damals, dass Benno sie nie wirklich ernst nahm. Er wusste, dass sie mit Abstand die bessere Juristin war. Er hatte seinerzeit wenig Muße für Jura, hatte gern von ihrem Wissen profitiert, in den Seminaren oft neben ihr gesessen und so manches Mal in den Klausuren von ihr abgeschrieben, wenn auch mit mäßigem Erfolg. Wahrscheinlich hielt er sie für eine komplette Streberin. Für Eva war Benno immer der Mann für das »law in action« gewesen. Er hatte damals nichts dafür übrig, sich an die Buchstaben des Gesetzes zu klammern und nach anderen Auslegungsmöglichkeiten in Kommentaren zu wälzen, so wie Eva es schon immer gern getan hatte. Sein Potential waren seine pragmatischen Ideen, mit denen er juristische Probleme in unkonventioneller Weise in den Griff bekommen hatte. Ob es diese Strategie war, die Benno zu einem offensichtlich erfolgreichen Anwalt gemachte hatte, fragte sich Eva. »Ok«, räumte Benno ein, »dann sag mir aber bitte Eines: Wieso willst Du, dass ich das Mandat übernehme? Ich bin Fachanwalt für Wirtschaftsrecht und arbeite nicht gerade jeden Tag in überzahlten Altersrenten«, sagte er ernsthaft. »Benno, ich weiß das, ich traue dir die Sache aber zu. Ich bin ehrlich zu dir; ich brauche einen Anwalt, der nicht sehr viele Mandate an unserem Gericht hat. Ansonsten weiß morgen die gesamte Rechtspflege, einschließlich Rechtsanwaltschaft und Richterschaft, dass ich wohl eine kriminelle Tante habe.« »Und was wäre daran so schlimm?«, warf Benno ein, »Schämst du dich deiner Tante?« Damit hatte Benno den Nagel auf den Kopf getroffen. Eva wich aus. »Ich verstehe, du willst das Mandat nicht übernehmen«. Sie stand von ihrem Stuhl auf. »Eva, bitte, setz dich wieder; versteh' doch, du rufst hier gestern an, erzählst mir etwas von einem ganz dringenden Mandat, du bekommst sofort einen Besprechungstermin …, schau dir an, wie es hier aussieht. In meinen Akten geht es oft um Existenzen ganz anderer wirtschaftlicher Größenordnung.« »Ok, danke jedenfalls für deine Zeit«, erhob sich Eva zum zweiten Mal. »Warte einen Moment, hast du noch irgendwelche anderen Unterlagen als das Urteil?« »Nein, habe ich nicht« musste Eva einräumen, denn sie hätte sich selbst darum kümmern können. »Also pass auf, ich übernehme das Mandat unter einer Bedingung«, sagte Benno ernst. »Und die ist?« fragte Eva. »Du hältst dich ab sofort aus allem raus«. »Wie meinst du das?« hakte Eva nach. »Du gibst mir jetzt bitte die Telefonnummer deiner Tante und ab sofort laufen die Kommunikation und der gesamte Schriftverkehr nur noch zwischen mir und deiner Tante. Du bist ohnehin gefühlsmäßig involviert und kannst mir deshalb keine Hilfe sein.« Eva schluckte und überlegte, ob sie sich darauf einlassen sollte. Zweifelnd sah sie Benno an. »Kann ich mich auf dich verlassen und dir vertrauen?« Jetzt stand Benno von seinem Stuhl auf und blickte Eva direkt in die Augen. Er streckte ihr die Hand entgegen, die sie bereitwillig nahm. »Ja, Eva, voll und ganz; das verspreche ich dir«. Beide schwiegen einen Moment, bis Benno die Stille unterbrach und vorsichtig fragte »Magst du mit mir jetzt noch etwas trinken gehen, gleich nebenan im Garten des kleinen Weinladens?« Eva zögerte »Ich glaube, solange das Mandat läuft, möchte ich das lieber nicht, du weißt schon, die professionelle

Distanz .... Ich danke dir, Benno« und begab sich direkt zum Ausgang der Kanzlei, ohne seinen Einwand abzuwarten.

Lektionen

1

Nach dem Besuch in Bennos Kanzlei war Eva nach Hause gefahren. Von dort aus hatte sie Mathilde angerufen und ihr angekündigt, dass der Anwalt in Kürze mit ihr telefonisch Kontakt aufnehmen werde und alles auf einem guten Weg sei. Das hoffte sie zumindest, wenn Benno das tat, was er ihr versprochen hatte. Sie dachte noch lange über das Gespräch und über Benno nach. Der Besuch hatte sie aufgewühlt, sie an längst vergangene Zeiten erinnert und ihr eine unruhige Nacht bereitet. Deshalb war sie am folgenden Tag schon früh im Gericht. Als sie dort gegen 9.00 Uhr einen Urteilsentwurf aus der letzten Sitzung diktierte, rief das Vorzimmer an. »Guten Morgen Frau Brandes, der Präsident möchte Sie sprechen. Ich stelle durch«, und schon hörte sie die sonore Stimme des Präsidenten am anderen Ende. »Guten Morgen Frau Brandes, einen Punkt hatte ich gestern vergessen. Der Staatssekretär hat sich persönlich nach einem Verfahren erkundigt. Er möchte wissen, wann die Sache endlich entschieden wird. Können Sie das bitte klären und mir eine Rückmeldung geben.« »Ja, sicher, worum geht es denn?« fragte Eva. »Es geht um das Berufungsverfahren seines Vaters. Das Aktenzeichen lautet 17 P 124/11. In erster Instanz hat sein Vater, oder vielmehr dessen Anwalt, den Rechtsstreit um die Höherstufung in die Pflegestufe 2 verloren. Der Vater ist an die neunzig Jahre alt und zunehmend dement, was dem Medizinischen Dienst bei der Untersuchung Zuhause wohl entgangen ist, weil der Vater gut schauspielert und in kein Pflegeheim will. Jedenfalls ist Eile geboten. Die Pflegekosten rennen davon und es muss schnell eine Lösung gefunden werden. Frau Brandes, ich wäre Ihnen sehr dankbar, wenn Sie sich darum kümmern könnten. Vielen Dank«. Unmittelbar nach dem Gespräch klickte Eva auf ihrem PC den link »Justitia« an, gab das P-Aktenzeichen ein und sofort wurde ihr im Bearbeiterfeld der Name der Vorsitzenden Richterin Koenig angezeigt, den Eva auf einem gelben note-it Zettel zusammen mit dem Aktenzeichen notierte.

2

Sie schloss ihr Büro ab und machte sich auf den Weg zu Dr. Walther, dem sie ihren Besuch in Sachen Feller angekündigt hatte. Mittlerweile war es 10.00 Uhr. Sie ging den langen dunklen Gerichtsflur entlang. Am Ende blieb sie vor einer Tür stehen und klopfte an. Als sie eine Stimme hörte, trat sie ein. Der Unterschied zu gestern Abend bei Benno hätte nicht größer sein können. Vor ihr öffnete sich ein kleiner Raum, der sich in einem erbärmlichen Zustand befand. Das komplette Mobiliar stammte noch aus den 1980er Jahren und seit diesem Zeitpunkt schienen wohl auch keine Renovierungsarbeiten mehr durchgeführt zu sein. Der Raum war vollgestopft mit Büchern, Akten und Papieren, manche von

ihnen sonnenvergilbt. Alles machte einen sehr unaufge-
räumten Eindruck. Dr. Walther trat sofort hinter seinem Schreibtisch hervor und bot Eva auf einem soeben
von Papierbergen befreitem Stuhl Platz an. »Bitte schön,
Frau Brandes«, dann setzte er sich wieder hinter seinen
Schreibtisch. Dies war dem Umstand geschuldet, dass es
aussichtslos schien, einen zweiten Stuhl frei zu räumen,
ohne in völlige Platznot in dem engen Zimmer zu geraten. »Frau Brandes, womit kann ich Ihnen behilflich
sein?«, fragte er, ohne ihren Blick zu suchen.

Eva fühlte sich plötzlich als wäre die Zeit stehen geblieben. Dr. Walther war einer der dienstältesten Richter am
Gericht. Er war ein feinsinniger, altmodisch wirkender
Mann mit weißen Haaren, die ihn noch älter wirken
ließen. Er gab Eva das Gefühl seiner fortwährenden in-
tellektuellen Überlegenheit, womit er sie unvermittelt
wieder in die Rolle einer Studentin drängte. Dies nicht
wegen des Altersunterschiedes, sondern wegen seiner
ständig belehrenden und besserwissenden Art, die er jeden im Gericht spüren ließ. Deshalb begann Eva distanziert »Herr Dr. Walther, das Justizministerium bittet um
Auskunft über ein Verfahren, in dem Feller angeblich für
prozessunfähig erklärt worden ist. Deshalb hat er sich
beim Staatssekretär beschwert. Ist das Ihr Verfahren?«
Dr. Walther lehnte sich in seinem Stuhl zurück, schloss
die Augen, überlegte einen Moment und sage dann leise:
»Ja, in der Tat ist hier ein neues Berufungsverfahren eingegangen. Der erstinstanzliche Richter hat Fellers Antrag auf Wiederaufnahme des Verfahrens als unzulässig

verworfen, weil er ihn für prozessunfähig hält. Zur Sache hat er gar nicht entschieden, sondern nur über die Frage der Prozessfähigkeit«. »Und worum geht es in der Sache?« warf Eva erleichtert ein, weil sie das Verfahren ausfindig gemacht hatte. »Das Thema ist hinlänglich gerichtsbekannt, Frau Brandes. Es geht nach wie vor um die Klage auf Opferentschädigung, weil Feller meint, 1999 Opfer eines Übergriffs mit bleibenden Gesundheitsschäden geworden zu sein, die er entschädigt haben möchte.«

Dr. Walther machte eine Pause und Eva wusste nicht genau, ob seine geschlossenen Augen Zeichen seiner Erschöpfung oder angestrengter Konzentration war. Als er plötzlich wieder die Augen öffnete, starrte er an die Decke seines Zimmers, wippte auf seinem Stuhl und sagte: »Sehen Sie, die Sache ist nicht ganz einfach. Zum einen ist zu prüfen, ob Feller überhaupt ein Wiederaufnahmeverfahren betreiben kann, wenn die ursprünglich im Jahr 2000 erhobene Klage auf Opferentschädigung hier noch in der Berufungsinstanz hängt. Über sie kann nicht entschieden werden, weil das Verfahren nahezu zum Stillstand gekommen ist. Sie wissen schon, die Befangenheitsanträge gegen Sachverständige und Kollegen; Dienstaufsichtsbeschwerden, Anhörungsrügen, Untätigkeitsbeschwerden und alles was das Verfahrensrecht sonst noch zu bieten hat. Feller lässt jedenfalls nichts aus.« Es trat wieder eine Pause ein.

Eva machte sich nebenbei Notizen für ihren Bericht an das Justizministerium. Sie wollte die sichtbare Konzentration von Dr. Walther nicht stören, der jetzt wieder mit geschlossenen Augen da saß, so als wäre sie Luft. Sie wartete ab, bis er fortfuhr. »Die Sache mit der Prozessunfähigkeit ist in der Tat nicht auf die leichte Schulter zu nehmen. Feller mag zwar ein Querulant sein. Doch deshalb stehen ihm dieselben Prozessgrundrechte zu wie jedem anderen Kläger auch«. »Entschuldigen Sie, Herr Dr. Walther, aber Feller ist völlig ausgerastet. Wissen Sie, was er vor zwei Tagen im Justizministerium veranstaltet hat? Der muss komplett geistesgestört sein …«, konnte sich Eva nicht zurückhalten. »Moment, Frau Brandes, das sind völlig unterschiedliche Dinge. Wenn eines unserer erstinstanzlichen Gerichte einem Kläger – aus welchen Gründen auch immer – für prozessunfähig hält, dann spricht es ihm die Fähigkeit ab, einen Rechtsstreit eigenverantwortlich führen zu können. All das, was der prozessunfähige Kläger dem Gericht vorträgt oder mitteilt, darf das Gericht ignorieren, es ist das bloße Nichts. Dies rüttelt freilich an den Grundfesten unseres Rechtsstaats. Denn in Artikel 103 Absatz 1 unserer Verfassung ist das Prozessgrundrecht auf rechtliches Gehör festgeschrieben. Deshalb muss das Gericht dafür Sorge tragen, dass sich der Prozessunfähige durch die Bestellung eines gesetzlichen Vertreters, also eines Betreuers, im Prozess äußern kann. Kein Gericht wird im Übrigen eine auf Wahnsinn beruhende Prozessunfähigkeit feststellen können ohne das fundierte medizinische Gutachten eines Sachverständigen, das die Geistesstörung beweist. Ob dies alles in Fellers Wiederaufnahmeverfahren eingehalten wurde, wird zu prüfen sein; wenn nicht, wird der Senat« – und damit meinte Dr. Walther sich wohl selbst – »zu überdenken haben, ob die Verletzung von Verfahrensrechten in der Berufungsinstanz nachgeholt, gewissermaßen repariert werden kann, ohne dabei ein Fehlurteil zu riskieren«, dozierte er mit starrem Blick an die Decke, wobei er Evas Anwesenheit nicht mehr zu bemerken schien.

»Und wann gedenken Sie das Verfahren zu entscheiden? Herr Dr. Walther, der Staatssekretär möchte nicht nur über dieses, sondern über alle Verfahren von Feller informiert werden und hat um zeitliche Perspektiven gebeten«, brachte sich Eva ungeduldig in Erinnerung. Dr. Walther sinnierte weiter, es verging eine gewisse Zeit, dann sagte er unerwartet mit leerem, zur Wand gerichtetem Blick »Ich denke, das Verfahren mit dem Senat wohl bis zum Jahresende zu entscheiden, vorausgesetzt der Senat kann ungehindert arbeiten. Immerhin hat das Vordergericht schon ein psychiatrisches Gutachten über den Geisteszustand Fellers eingeholt«. Eva hatte jetzt die wichtigste Information erhalten, die sie für ihren Bericht an das Justizministerium noch benötigte, nutzte die Atempause Dr. Walthers um sich schnell zu bedanken, stand hastig auf, verließ das Büro, ohne dass sich der Richter hinter seinem Schreibtisch erhoben hatte. Die Enge des Raumes war bedrückend geworden. Verfahrensrechte hin oder her, dachte sie, als sie auf dem Gerichtsflur schnellen Schrittes zu ihrem Büro ging. Sollte Dr. Walther doch nur ein einziges Mal mit Feller telefonieren müssen, anstelle ihr Vorträge über rechtsstaatliche Verfahrensgarantien zu halten. Eva war wütend; in Wahrheit war es die Arroganz und Überheblichkeit Dr. Walthers, die sie als unerträglich empfunden hatte.

3

Zurück in ihrem Büro erinnerte sie sich, dass Dr. Walther einer der Bewerber in der Präsidentennachfolge war, den sie bisher favorisiert hatte. Sie ging zu ihrem verschlossenen Schreibtisch, wo sie den streng vertraulichen Vorgang verwahrte und holte Dr. Walthers beigefarbene Personalakte hervor. Sie blätterte in der Akte, bis sie die letzte dienstliche Beurteilung des Richters gefunden hatte. Sie wollte sich einen Eindruck über den Richter verschaffen. Dr. Walther gehörte zu den wenigen Juristen, die zwei Einser- Examen vorzuweisen hatten. Seine Intelligenz, seine geistigen Fähigkeiten und das Denkvermögen waren als herausragend beschrieben. Bei den umfassenden Rechtskenntnissen (einschließlich ausländischen Rechts) war Dr. Walther im Vergleich zur vorletzten Beurteilung aber nur in die zweitbeste Kategorie eingeordnet worden. Dies war ein deutliches Zeichen, das jedem sofort auffiel, der Beurteilungen zu lesen verstand. Sie überlegte kurz und begann sich zu erinnern. Plötzlich machte Dr. Walthers geäußerte Sorge, ein Fehlurteil treffen zu können, einen Sinn. Eva klickte auf ihrem PC den link »Rechtsdatenbanken« an. Dann gab sie die Suchwörter »Bundesverfassungsgericht« und »Europäisches Recht« und »gesetzlicher Richter« ein. Sofort öffnete sich ein neues Fenster, das ihr die Entscheidung anzeigte, nach der sie gesucht hatte: Die völlige Blamage von Dr. Walther, die wochenlang Gesprächsthema im Gericht gewesen war.

Vor gut einem Jahr hatte das Bundesverfassungsgericht ein mit der Verfassungsbeschwerde angegriffenes und von Dr. Walther verfasstes Urteil aufgehoben und den Rechtsstreit zur erneuten Verhandlung an seinen Senat zurückverwiesen. Das Obergericht hatte, so die Rechtsauffassung des Bundesverfassungsgerichts, in gravierender Weise Grundrechte des Klägers verletzt. Dr. Walther hatte dieses Fehlurteil zu verantworten. Damals ging es darum, dass der Kläger, ein Sachverständiger für EDV-Technik, auch über sein 71. Lebensjahr hinaus arbeiten wollte, weil er sich bester Gesundheit erfreute und als Professor für EDV- Technik sogar noch aktiv in der Wissenschaft mitwirkte. Dies hatte er anhand zahlreicher neuer Veröffentlichungen und Vortragsreisen in das Silicon Valley zu beweisen versucht. Anstelle dem Europäischen Gerichtshof den Rechtsstreit zur Zwischenentscheidung vorzulegen, verweigerte Dr. Walther dem Kläger das Recht, als öffentlich bestellter und vereidigter Sachverständiger auch über das 67. Lebensjahr hinaus zu arbeiten, weil das deutsche Recht dies nicht zuließ. Hierin sah das Bundesverfassungsgericht eine eklatante Verletzung des Grundrechts auf den gesetzlichen Richter, weil der europäische Richter über den Rechtsstreit vorab hätte befinden müssen. Das europäische Recht aber war viel moderner und hätte dem Kläger wohl die Möglichkeit einer diskriminierungsfreien Tätigkeit im Alter eröffnet. Den Hohn der Kollegen musste Dr. Walther nicht allein deshalb ertragen. Ein Fehlurteil zu fällen, war das Berufsrisiko eines jeden Richters. Viel schlimmer waren die vernichtenden Worte des Bundesverfassungsgerichts, die nicht nur auf Ignoranz des Obergerichts, sondern auf gravierende handwerkliche Mängel im Urteil schließen ließen. Als Eva den Text der Entscheidung des Bundesverfassungsgerichts auf ihrem PC kursorisch durchklickte, blieb sie an Passagen hängen, in denen sie Folgendes las

»hat das Gericht das Unionsrecht überhaupt nicht in Erwägung gezogen …«,
»hat das Gericht die Vorlagepflicht an den Europäischen Gerichtshof in einer Weise verletzt, die bei verständiger Würdigung unhaltbar ist …«,
»gehen die Ausführungen des Gerichts größtenteils an den zitierten Fundstellen vorbei oder finden sich dort gar nicht wieder.«

Eine solche Lektion erteilte das Bundesverfassungsgericht höchst selten. Genau dies aber war es, das Dr. Walther nicht nur die Schadenfreude seiner Kollegen eingebracht hatte, sondern vermutlich auch den kleinen Makel in seiner dienstlichen Beurteilung. In den ersten Wochen nach Veröffentlichung der Entscheidung war er wie vom Erdboden verschluckt; im Gericht war er kaum noch und in der Gerichtskantine gar nicht mehr gesehen.

Eva wechselte zum link »Justitia« und prüfte, was aus diesem Verfahren geworden war. Im Feld »Verfahrensgang« sah sie, dass sich der zurückverwiesene Rechtsstreit bereits seit Mai 2010 wieder in Dr. Walthers Senat befand, ohne dass der Senat bisher eine Entscheidung getroffen hätte. Eva loggte sich aus der Rechtsdatenbank aus und dachte über Dr. Walther nach. Zu seinem Arbeitsstil passte es nicht, wenn er ihr in Aussicht gestellt hatte, Fellers Wiederaufnahmeverfahren innerhalb nur weniger Monate zu beenden. Er wusste genau, dass Eva diese Information dem Justizministerium berichten würde. Falls Dr. Walther die Entscheidung der ersten Instanz zur Prozessunfähigkeit Fellers bestätigte, könnte das eintreten, was ihr Kollege Schnell am Telefon angedeutet hatte. Der Störfall wäre beseitigt und die Richter des Gerichtsbezirks müssten ihre Zeit nicht mehr mit unzähligen unnützen Verfahren vergeuden. Niemand müsste mehr mit Feller persönlich, sondern nur noch mit einem mit Vernunft gesegneten Betreuer kommunizieren. Damit könnte Dr. Walther große Sympathien und Ansehen in der Richterschaft zurückgewinnen; ein nicht zu unterschätzender Punkt, wenn er dem Präsidenten im Amt nachfolgen wollte.

Für die meisten Richter, die noch nicht das Ende der Karriereleiter erklommen hatten, wäre eine solche Zurückverweisung durch das Bundesverfassungsgericht der größte anzunehmende Unfall. Ob Dr. Walther das genauso sah, bezweifelte sie allerdings. Er verkörperte für sie die Art des konservativen Richters, der zu einer Zeit studiert hatte, als die Europäisierung erst am Anfang ihrer Entwicklung stand und das Gemeinschaftsrecht noch von untergeordneter Bedeutung war. Mit der zunehmend starken Durchdringung des deutschen Rechts durch das Unionsrecht hatten viele ältere Richter ihre Probleme. Die vom Europäischen Gerichtshof entwickelte Rechtsprechung war ihrer Meinung nach unberechenbar, verwirrend und so mancher in Luxemburg verkündete Rechtsakt war in ihren Augen nichts anderes als bloße Willkür. Die Entscheidungen des Europäischen Gerichtshofs empfanden sie oft als Zumutung für die deutsche Justiz und beachteten sie einfach nicht. Wenn Dr. Walther offensichtlich aber auch zu dieser Spezies gehörte, war er dann der geeignete Kandidat für die Präsidentennachfolge?, fragte sich Eva. Die Nichtbeachtung von Urteilen des Europäischen Gerichthofs war sicherlich nicht akzeptabel; die fehlende Kommunikationsfähigkeit aber, die Dr. Walther heute wieder einmal unter Beweis gestellt hatte, als er sie wie Luft behandelt und während ihres Gesprächs nicht ein einziges Mal Blickkontakt gesucht hatte, zeugte nach ihrem Dafürhalten von einer noch viel größeren Ignoranz. Dieser offensichtliche Mangel als Führungskraft qualifizierte ihn mit Sicherheit nicht für ein so exponiertes Amt, sondern schloss ihn als geeigneten Bewerber davon aus. Eva schlug die Personalakte zu, legte sie zurück in den Schreibtisch, verschloss ihn wieder und ging mit dem Gefühl, soeben die richtige Entscheidung getroffen zu haben, in die Gerichtskantine.

Königinnen

1

Sie wählte das »Gericht des Tages« aus, stellte die mit
Gemüse, Kartoffeln und einem überbackenem Fischfilet
gefüllten weißen Plastikschalen in die kleinen Wölbun-
gen ihres Tabletts. Damit ging sie zu dem größten Tisch
in der Gerichtskantine, der nur für Richter reserviert
war. Als sie sich zu ihren Kollegen setzte, verstummte
augenblicklich das Gespräch. Inzwischen irritierte Eva
das nicht mehr; sie hatte sich daran gewöhnt. Das plötzliche Schweigen signalisierte ihr nur, dass sich die Kollegen wieder über Richterpersonalien ausgetauscht hatten,
vermutlich über die Präsidentennachfolge. Denn dieses
Thema bestimmte seit Wochen die Gespräche nicht nur
in der Kantine. Vor allem interessierte die Kollegen das
Bewerberfeld. Einige Kollegen machten aus ihrer Bewerbung keinen Hehl; andere hüteten sie wie ein Geheimnis. Nur Eva war diejenige, die wusste, wie die Be-
werberlage wirklich war. Hierüber musste sie kraft ihrer
Vertrauensstellung als Präsidialreferentin Stillschweigen
bewahren. Am Essenstisch waren ihre Kollegen sofort zu
dem allgegenwärtigen Thema Fußball übergegangen, zu
dem Eva nichts beizutragen hatte. Also parlierte sie in
Allgemeinplätzen über das Wetter und erkundigte sich
freundlich nach dem Wohlbefinden des einen oder anderen Kollegen. Sie konzentrierte sich auf Ihr Mittagessen,
doch dies schmeckte nicht besser als ein aufgewärmtes

Schnellgericht. Sie probierte von allem ein wenig und stellte den noch halbvollen Teller auf ein Laufband, das alles gemächlich wieder zurück in die Küche beförderte.

Sie ging direkt zurück in ihr Büro. Mittlerweile war es kurz vor 14.00 Uhr. Mit etwas Glück konnte sie noch die Vorsitzende Richterin Frau Koenig erreichen. Sie klebte deshalb den gelben note-it Zettel, auf dem sie das Aktenzeichen jenes Verfahrens notiert hatte, über das der Staatsekretär persönlich informiert werden wollte, auf ein weißes Blatt Papier, das sie in eine graue Umlaufmappe legte. Sie schloss ihr Büro ab und ging nur wenige Meter den Gerichtsflur entlang, bis sie das Büro von Frau Koenig erreichte. Sie klopfte an die Tür, hörte im Innern des Raumes eine Stimme und trat ein.

»Guten Tag Frau Koenig, haben Sie einen Moment Zeit für mich?« »Hallo Frau Brandes, ja gern, nehmen Sie bitte Platz« und deutete Eva, sich mit ihr an einen runden Besprechungstisch zu setzen. Als Frau Koenig hinter ihrem Schreibtisch hervortrat und Eva mit Handschlag freundlich begrüßte, fiel ihr auf, dass Frau Koenig in ihrem modischen Designer-Sommerkleid, wahrscheinlich ein Modell aus der aktuellen Frühjahrskollektion von Marc Jacobs, mit passenden hochhackigen Sandaletten nicht älter als sie selbst wirkte. Obwohl die Vorsitzende Richterin schon Mitte vierzig war, trug sie die aktuelle Mode mit einem solchen Selbstbewusstsein, dass niemand auf die Idee gekommen wäre, dies könnte unpassend sein; im Gegenteil, sie stand ihr sehr gut zu Gesicht.

Frau Koenig war zweifelsohne die exaltierteste Richterin am Gericht. Sie hatte eine Präsenz, die jeden anderen in ihrer Gegenwart in den Schatten stellte. Ihre Gerichtsverhandlungen waren eine Inszenierung ihrer selbst, in der sie permanent die Hauptrolle spielte. Das hatte ihr schließlich im Kollegenkreis den Namen »Die Koenigin« eingebracht. »Was kann ich für Sie tun?«, fragte sie Eva freundlich. »Ich komme zu Ihnen, weil der Staatssekretär persönlich über den Bearbeitungsstand eines Verfahrens unterrichtet werden möchte, das in Ihrem Senat ist.« »Gut, haben Sie das Aktenzeichen, dann schaue ich schnell nach.« Eva buchstabierte ihr das Aktenzeichen, das Frau Koenig in Justitia eingab. »Ja, hier ist es; die Berufung ist gerade mal einen Monat alt und vom Anwalt noch nicht mal begründet worden.« Eva machte sich währenddessen Notizen. »Und wieso interessiert sich der Staatssekretär für ein so junges Verfahren?«, fragte die Richterin. »Soweit mir der Präsident gesagt hat, soll es sich um das Verfahren des Vaters des Staatssekretärs handeln, der in der ersten Instanz im Streit gegen die Pflegekasse unterlegen ist ...«. »Wie bitte, der Kläger ist der Vater des Staatssekretärs und der Staatssekretär erkundigt sich mit Hilfe des Präsidenten über den Verfahrensstand?«, schaute Frau Koenig Eva mit hochgezogenen Augenbrauen fragend an, »das darf doch nicht wahr sein! Der Staatssekretär nutzt seine politischen Kontakte aus, um Einfluss auf die Justiz zu nehmen?«, platzte es aus ihr heraus. »Moment«, warf Eva ein, »der Staatssekretär hat nicht darum gebeten, das Verfahren schneller als irgendein anderes zu bearbeiten; das wäre sicherlich ein Eingriff in die Unabhängigkeit der Justiz …«. »Frau Brandes, ich bitte Sie«, unterbrach sie Frau Koenig ungehalten. »Was glauben Sie denn, was der Staatssekretär damit bezweckt? Nichts anderes, als dass das Verfahren anderen vorgezogen und schneller bearbeitet wird. Wären Sie zu mir gekommen, wenn sich Herr Müller nach dem Bearbeitungsstand der Berufung seines Vaters erkundigt hätte? Wohl kaum. Was denkt sich der Staatssekretär eigentlich dabei? In den Rechtsstreitigkeiten mit der Pflegekasse sind die meisten Kläger entweder sehr alt oder sehr krank. Allein das fortgeschrittene Alter des Vaters ist mit Sicherheit kein Kriterium, nach der sich die Reihenfolge der Bearbeitung bestimmt. Wenn die Sache wirklich eilbedürftig wäre und es um dringenden Rechtsschutz ginge, stünde es dem Staatssekretär frei, ein Verfahren im einstweiligen Rechtsschutz anzustrengen. Wie das geht, dürfte er wohl als einer der ranghöchsten Juristen im Lande wissen. Wenn es nur die hohen Pflegekosten sind, die ihm Sorge bereiten, dürfte es wohl kein Problem sein, dem Vater finanziell unter die Arme zu greifen. Wäre der Staatssekretär wirklich daran interessiert, dass Verfahren in der Justiz schneller bearbeitet werden, täte er gut daran, sich endlich um die Einstellung von jungen Richtern zu kümmern. Das können Sie ihm gern zum Stand der Bearbeitung sagen. Bei der momentanen Arbeitsbelastung dürfte er mit einer Entscheidung nicht vor Ablauf der nächsten zwei Jahre rechnen. Und jetzt entschuldigen Sie mich bitte, Frau Brandes, meine Studenten warten.«

Damit hatte Frau Koenig wieder einmal unter Beweis gestellt, dass sie die alleinige Hauptrolle spielte. Sie hatte Eva nicht die geringste Chance zum Widerspruch gegeben. »Meine Studenten warten ...«, klang es Eva noch in den Ohren nach. Die Koenigin hatte einen Lehrauftrag an der Uni und jeder im Gericht wusste, dass sie eine Affäre mit einem ihrer Studenten hatte, der ungefähr zwanzig Jahre jünger sein musste als sie. Eva hatte ihn noch nie zu Gesicht bekommen, zumindest hatte die Koenigin den Anstand, ihn als verheiratete Frau nicht mit ins Gericht zu bringen. Das konnte sie nicht von allen ihren Kollegen behaupten; ein Kollege hatte es vor einigen Jahren fertig gebracht, seine Affäre wie eine Trophäe im Gericht zu präsentieren. Alle wussten, dass er Zuhause Frau und Kinder hatte. Damals hatte Eva den Eindruck, dass so mancher ihrer Kollegen den Mitvierziger insgeheim bewunderte, der ungeachtet Bauchansatz und kahler Stirn jeden Tag mit der Mittzwanzigerin Sex haben konnte. Auch die Koenigin nahm sich einfach das, was sie wollte und stand bei ihren Kollegen nicht hintan. Schon mit Anfang vierzig war sie zur Senatsvorsitzenden befördert worden. Bisher hatte das keine andere Frau am Gericht geschafft. Bei über zehn Senaten war die Koenigin die einzige Senatsvorsitzende am Obergericht.

2

Als Eva wieder zurück in ihrem Büro war, schloss sie die Tür ihres Schreibtisches auf und holte die beigefarbene Personalakte der Vorsitzenden Richterin hervor, die sich als einzige Frau um die Präsidentennachfolge beworben hatte. Eva blätterte durch die Akte und fand schnell ihre letzte dienstliche Beurteilung. Die Koenigin war bei den Merkmalen »Denkvermögen und geistige Fähigkeiten« nur in die zweitbeste Kategorie eingeordnet worden, während sie bei alle anderen Beurteilungskriterien, insbesondere der Kommunikationsfähigkeit und der Sozialkompetenz mit der besten Einstufung beurteilt war. In der Justiz war diese Kombination in den Beurteilungen von Richterinnen häufig anzutreffen. Die Beurteiler waren ganz überwiegend Männer. Und welcher Richter gab einer Kollegin im Denkvermögen dieselbe gute Note, die er für sich selbst beanspruchte, geschweige denn eine noch bessere? Es war nicht anders als beim Autofahren oder beim Joggen. Jeder ernsthafte Überholversuch einer Frau wurde noch vor dem eigentlichen Überholmanöver ausgebremst oder das Tempo wurde so rapide gesteigert, dass jeder noch so kleine Vorsprung augenblicklich wieder eingeholt wurde. Dienstliche Beurteilungen waren ein bequemes Vehikel, um das Leben auf der Überholspur zu verhindern.

Eva dachte über die Koenigin nach. War sie die geeignete Kandidatin für die Präsidentennachfolge? In dem Gespräch mit ihr hatte sie zumindest die wichtige Infor-

mation über den Stand des Verfahrens mit der Pflegekasse erhalten, die der Präsident dem Staatssekretär versprochen hatte. Der allerdings würde damit keinesfalls
zufrieden sein. Doch niemand durfte der Koenigin Wei-
sungen erteilen, wie und vor allen Dingen wann sie ihre
Verfahren bearbeitete. All das unterlag ihrer Unabhängigkeit als Richterin und der leiseste Versuch einer Einflussnahme käme einem Eingriff in die Unabhängigkeit
der Justiz gleich. Das wusste die Koenigin ganz genau
und sie würde jeden Angriff mit Sicherheit erfolgreich
abwehren. Das notwendige Rückgrat, das der Präsident
an sich auch gegenüber dem Justizministerium haben
musste, fehlte ihr jedenfalls nicht. Wie sollte die Koenigin die Bearbeitung eines Berufungsverfahrens auch
forcieren, wenn der Anwalt noch nicht mal die Berufung
begründet hatte?, fragte sich Eva. Zu diesem Zeitpunkt
war doch noch gar nicht mit Sicherheit davon auszuge-
hen, dass das Berufungsverfahren überhaupt durchgeführt werden sollte. Eigentlich hatte die Koenigin nichts
falsch gemacht. Doch das war nicht die Antwort, die der
Parteifreund des Präsidenten hören wollte.

Eva dachte über die richtige Strategie nach. Sie durfte
sich jetzt keinen Fehler erlauben. Ihr Vorschlag für einen
geeigneten Kandidaten als Nachfolger des Präsidenten
war seit geraumer Zeit überfällig. Es war unmöglich,
dem Präsidenten zu eröffnen, dass die Koenigin den
Rechtsstreit des Vaters des Staatssekretärs voraussichtlich
nicht in den nächsten zwei Jahren entscheiden würde
und ihm in einem Atemzug die Richterin als am besten

geeignete Kandidatin für seine Nachfolge vorschlagen. Irgendetwas müsste sie sich einfallen lassen. Im Moment fehlte ihr aber jede Idee. Sie war müde und ratlos. Ihre Stimmung war auf einem Tiefpunkt angelangt. Wahrscheinlich war es für heute das Beste, aus dem Gericht zu verschwinden, bevor sie der Präsident noch auf dieses Thema ansprach.

Anwaltsstrategien

1

Es war schon fast 22.00 Uhr. Benno war allein in der Kanzlei. Er saß an seinem Schreibtisch, hatte die Bürotür weit geöffnet, um sich ein wenig frische Luft zu verschaffen. Die Klimaanlage hatte sich schon vor Stunden automatisch abgestellt. Seine Budapester hatte er ausgezogen, die Krawatte abgelegt und sich die Ärmel des weißen Hemdes aufgekrempelt. Das machte er nur, wenn außer ihm abends niemand mehr in der Kanzlei war.

Seit ihrem Besuch hatte er immer wieder an Eva denken müssen. Es waren viele Jahre vergangen, seit er sie das letzte Mal gesehen hatte. Sie hatte es geschafft, nicht nur eine Anstellung in der Justiz zu finden, sondern dort auch Karriere zu machen. Er hatte nie die geringste Chance gehabt, auch nur zu einem Vorstellungsgespräch in der Justiz eingeladen zu werden. Und doch war Eva genauso geblieben, wie er sie damals kennen gelernt hatte. Sensibel und grazil, immer etwas unterkühlt, diszipliniert, klug und ihm sehr sympathisch. Dass sich daran nichts geändert hatte, hatte er bei ihrem Wiedersehen sofort gespürt. Er hatte Eva schon immer bewundert, auch für ihre Schönheit, von der er auch nach all den Jahren sofort wieder eingenommen war. Es hatte eine Zeit in seinem Leben gegeben, in der er mehr als nur Freundschaft für Eva empfunden hatte; damals war sie aber in einer festen

Beziehung. Statt zu seinen Gefühlen zu stehen, hatte er sich ihr gegenüber wie ein Vollidiot benommen. Jetzt wusste er gar nichts Privates mehr über sie.

Seine Ehe war zerbrochen; er hatte viel Zeit opfern müssen, um in der Kanzlei Fuß zu fassen. Die Dissertation neben dem Anwaltsberuf hatte ihm seine letzten Energien geraubt. Irgendwann hatte ihm seine Frau gesagt, dass sie gern ein Kind von ihm hätte und es nicht länger akzeptieren wolle, dass er die meiste Zeit in seiner Kanzlei verbringe. Doch da war es schon zu spät. Das alles lag schon einige Jahre zurück. Vielleicht hatte er jetzt die Chance, Eva neu kennen zu lernen. Das neue Mandat für ihre Tante könnte die Basis hierfür sein. Über Mathilde würde er wieder in ihre Nähe kommen. Das Mandat hätte er sonst nie angenommen. Es war ihm daher sehr schwer gefallen, Eva zu bitten sich im Moment aus der Sache herauszuhalten, aber anders konnte er nicht arbeiten.

Auf seinem Schreibtisch stand ein ungeöffneter Pappkarton. Die Absenderin war Mathilde Harris, Runcorn, Great Britain. Benno hatte mit ihr telefoniert und sie gebeten, alle Unterlagen in der Rückforderungssache zu sammeln und ihm so schnell wie möglich zu schicken. Es war nicht unüblich, dass ihm Mandanten Pappkartons mit Unterlagen vorbei brachten. Im ersten Durchgang musste dann alles in eine chronologische Ordnung gebracht werden, um sich überhaupt einen Überblick von der Sache zu verschaffen. Das dauerte oft Stunden. Darauf hatte sich Benno auch heute Abend eingerichtet. Mit einer Schere trennte er die Klebestreifen des Kartons auf der oberen Seite auf. Üblicherweise kamen ihm dann die ungeordneten Papiere entgegen. Doch hier war nichts ungeordnet. Im Pappkarton lag ein mit gehefteten Papieren gefüllter Aktenordner, auf den Mathilde ein persönliches Anschreiben für Benno gelegt hatte. Sie teilte ihm mit, dass dies alles sei, was sie ihm in dieser Angelegenheit schicken könne. Sie versicherte, dass nichts fehlte. Benno schlug den Ordner auf. Das Urteil, das sie zur Rückzahlung der überzahlten Altersrente verpflichtet hatte, hatte sie als erstes Schriftstück ganz nach oben geheftet. Dahinter folgte der Briefumschlag über die Zustellung des Urteils in England. Auf diesem hatte Mathilde fein säuberlich Tag und Uhrzeit notiert, wann sie es persönlich in Empfang genommen hatte. Benno blätterte die Papiere des Ordners einmal komplett durch. Sein erster Eindruck bestätigte sich. Es war alles andere als das Werk einer altersdementen Frau. Mathilde hatte mit der ihr eigenen deutschen Gründlichkeit dem gesamten Schriftverkehr eine bürokratische Ordnung gegeben. Ganz am Ende des Ordners fand sich Matthews ursprünglicher Behördenbescheid über seine Altersrente. Benno blätterte weiter bis zur Sterbeurkunde Matthews; eine Abschrift hatte Mathilde zwischen die Behördenschreiben eingeheftet, aber offensichtlich nicht abgeschickt. Ansonsten hätte sie dies sicherlich mit einer kleinen Notiz vermerkt.

Jetzt wurde die Sache interessant. In regelmäßigen jährlichen Abständen hatte die deutsche Behörde Matthew auch nach seinem Tod angeschrieben. Diese Schreiben ergingen routinemäßig und dienten dem Zweck, ein Lebenszeichen vom Rentenbezieher zu erhalten und um so Überzahlungen zu vermeiden. Jede Anfrage nach Matthews Tod hatte Mathilde beantwortet. Sie hatte immer eine Durchschrift der Antwort aufbewahrt. Benno nahm eine Lupe aus seiner Schreibtischschublade und vergrößerte die Unterschrift. Mathilde hatte die Anfragen der Behörde entweder mit »M. Harris« oder mit »Math. Harris« unterschrieben, was noch nicht einmal eine Lüge war, wenn man ihren eigenen Vornamen abkürzte. Doch wenn sie mit der Unterschrift den Eindruck erwecken wollte, dass ihr verstorbener Mann noch lebte, dann war das ein glatter Leistungsbetrug. So waren Jahre vergangen; die Behörden hatten sich mit Mathildes Auskunft immer zufrieden gegeben, ohne dass der leiseste Zweifel an der Richtigkeit ihre Angaben aufgekommen war. Dann schaute sich Benno den Schriftverkehr aus dem Jahre 2010 an. Hier war es offensichtlich zu einem Rücklauf des Behördenbriefes gekommen. Auf dem dazugehörigen Briefumschlag hatte der Postbote vermerkt, dass die Erstzustellung fehlgegangen war, weil der Empfänger verstorben war. Mathilde hatte auf diesem Briefumschlag, der ihr später zugegangen sein musste, handschriftlich vermerkt, dass sie eine Woche im Krankenhaus gewesen war. So musste die Überzahlung wohl aufgeflogen sein. Die Behörde hatte schnell reagiert und Mathilde eine Anhörung geschickt, mit der sie die Rückforderung des überzahlten Betrags angekündigt hatte. Mathilde schien darauf nicht reagiert zu haben, jedenfalls war keine Kopie eines Antwortschreibens im Ordner. Dann waren der Rückforderungs- und Widerspruchsbescheid, der Einzeiler, dass Mathilde Klage erhebt und zuletzt das erstinstanzliche Urteil abgeheftet. Die Schriftsätze der Behörden im Gerichtsverfahren hatte sie nicht erwidert.

Benno setzte sich an seinen Schreibtisch und verschränkte die Arme hinter dem Kopf. Er fing an, über den Schriftverkehr nachzudenken. Dabei blätterte er alles noch einmal durch, bis zum Anhörungsschreiben unmittelbar vor dem Rückforderungsbescheid. Sein Blick blieb an der Anhörung mit dem dazugehörigen Briefumschlag hängen. Er blätterte vor und zurück; das Kuvert lag direkt vor ihm. Er griff erneut zur Lupe und betrachtete den Umschlag in der Vergrößerung. Immer wieder las er den Poststempel, der im Kölner Briefzentrum aufgedruckt worden war. Das Anhörungsschreiben war offensichtlich mit einfachem Brief abgesendet worden. Die Rückseite des Umschlags war blank. Schließlich entnahm er dem Ordner das Anhörungsschreiben nebst Kuvert und legte beides zusammen in seinen Schreibtisch. Er griff zum Telefonhörer und schaute dabei auf die Uhr. Es war schon weit nach 23.00 Uhr. Dann legte er den Telefonhörer wieder zurück. Vielleicht war es nicht das Schlechteste, noch eine Nacht über die Sache zu schlafen, die er gerade entdeckt hatte. Er würde Mathilde gleich morgen früh anrufen und ihr von seinem Plan berichten. Für heute konnte er ohnehin nichts mehr verrichten. Mit einem Pfeifen auf den Lippen schloss er die Kanzlei ab und fuhr direkt nach Hause.

2

Seit mehr als zwei Wochen hatte Eva von Benno und von Mathilde nichts mehr gehört. Eine merkwürdige Stille war in dieser Angelegenheit eingekehrt. Sie hatte Benno versprochen, sich nicht einzumischen. Aber eine Rückmeldung, wie es um Mathildes Sache stand, war an sich überfällig und hätte sie wahrscheinlich in eine bessere Stimmung versetzt. So blieb ihr nichts anderes übrig, als abzuwarten und zu hoffen, dass Benno hielt, war er ihr versprochen hatte.

Es war jetzt schon Anfang September; der Sommer würde bald zu Ende gehen. Die permanente Hitze hatte sich in eine angenehme Wärme gewandelt und der Herbst kündigte sich bereits an. Der Sommer war so anders verlaufen, als Eva ihn Anfang des Jahres für sich erhofft hatte. Anstelle einer sommerlichen Leichtigkeit verspürte sie die Last des Gerichtsalltags. Der unbeherrschbare Störfall Feller, Mathildes unerfreuliches Berufungsverfahren, die ungeklärte Präsidentennachfolge waren Probleme, die sie nicht einfach im Gericht zurückließ. Sie arbeiteten in ihr weiter, wenn sie abends allein zu Hause war, wachte nachts auf und konnte ihre Gedanken hiervon nicht mehr lösen. Das Alleinleben setzte ihr zu. Sie hatte gehofft, dass sie schon im Frühjahr Jemanden kennen lernen würde, mit dem sie den Sommer gern verbracht hätte. Eine Affäre wäre vielleicht das Richtige gewesen. Doch so einfach war das nicht. Die Trennung von ihrem langjährigen Partner war noch so frisch und hatte Wunden hinterlassen. Die wenigen Dates, die sie seitdem gehabt hatte, verliefen dementsprechend katastrophal. Immer dann, wenn ihr bei einem ihrer Dates die belanglose Frage gestellt wurde, was sie so beruflich mache, reagierte sie völlig angespannt. Die wahrheitsgemäße Antwort, Richterin am Obergericht zu sein, war unsexy und bedeutete das abrupte Ende von etwas, das noch gar nicht begonnen hatte. Den Fehler hatte sie zweimal gemacht. Danach kamen nur noch Fragen zu Alkoholfahrten, Radarkontrollen und zum Punktekatalog in Flensburg; alles Fragen mit denen sie absolut nichts anzufangen wusste. Das eigentliche Problem aber war, dass sie nicht mehr in das Frauenbild dieser Männer passte, die sich ihr in diesem Moment unterlegen fühlten. Nur einmal war es anders verlaufen, als sich bei einem blind date herausstellte, dass Christian in Wirklichkeit Christina war und die Lesbe ihr sagte, es würde ihr wirklich nichts ausmachen, wenn ihre Partnerin einen Beruf ausübte, der ein höheres Bildungsniveau voraussetzte, als sie es mitbrächte. Seitdem beantwortete sie die Frage nach ihrem Beruf nur noch ausweichend, am besten mit: Sie würde im Büro arbeiten oder so ähnlich. Aber auch das war keine Basis für irgendetwas, das den Sommer hätte überdauern können.

Das Wiedersehen mit Benno hatte sie verunsichert, aber auch neugierig gemacht. Bei Benno musste sie nichts erklären. Sie war beeindruckt von ihm, wie er seinen Weg gemacht hatte und fand, dass er ein attraktiver Mann war, der mit Sicherheit verheiratet war und auf den zu

Hause die Bilderbuchfamilie wartete. Sie hätte ihn gern angerufen, doch die ihr von ihm verordneten Spielregeln seines Mandats hielten sie davon ab.

Eva kam plötzlich die Idee auf ihrem Computer »Justitia« aufzurufen und in die Suchmaske den Nachnamen ihrer Tante einzugeben. Sofort öffneten sich tatsächlich zwei Felder, die anzeigten, dass eine Frau »Mathilde Harris« Klägerin in zwei anhängigen Verfahren am Obergericht war. Eva schaute sich dies genauer an. Das führende Aktenzeichen war ein Berufungsverfahren gegen die Rentenversicherung wegen einer Rückforderungsangelegenheit; das zweite Verfahren war ein Antrag auf Aussetzung der sofortigen Vollstreckung des erstinstanzlichen Urteils. In beiden Verfahren war als Prozessbevollmächtigter Dr. Benjamin Eicken eingetragen. Eva war erleichtert. Benno hatte sich an ihre Verabredung gehalten und alles auf den Weg gebracht. Diese Nachricht war Grund genug, um zumindest Mathilde anzurufen.

Weihnachtsstimmung

Es war kurz vor Weihnachten. Der erste Schnee war schon gefallen und die seit Tagen anhaltende frostige Wetterlage ließ die Aussicht auf weiße Weihnachten zu. Bis dahin jedoch waren die Arbeitstage im Gericht immer besonders hektisch. Die Rechtsanwälte schickten Unmengen von Post. Zum Jahresende räumten sie ihre Kanzleien auf und meinten all das, was an Papierkram liegen geblieben war, bis zum Ende des Jahres bei Gericht einreichen zu müssen. Dann gab es jene Bürger, die sich im vorweihnachtlichen Kaufrausch an ihre prekäre wirtschaftliche Situation erinnerten und sich mit Hilfe des Gerichts noch eine mildtätige Weihnachtsgabe erstreiten wollten. Diese Verfahren liefen im Wege des einstweiligen Rechtsschutzes vor Weihnachten auf Hochtouren. Im Gericht war es üblich, dass die Senate ihre letzte Sitzung des Jahres unmittelbar in der Woche vor den Weihnachtsfeiertagen abhielten. Diese Sitzungen waren reich mit Fällen bestückt, die aus den verschiedensten Gründen noch vor Jahresende erledigt werden mussten. Ging der eine oder andere Rechtsstreit für den Kläger erfolgreich aus, so waren dies die wahren »Weihnachtsgeschenke« der Justiz, zeichneten sich hingegen die mangelnde Erfolgsaussicht für den Kläger schon im Vorfeld ab, war es oft besser, den Rechtsstreit erst im neuen Jahr zu entscheiden. So kam es, dass der letzte Sitzungstag im Obergericht für Donnerstag, den 22.12.2011 anberaumt war. Und dieses Datum würde in die Geschichte des Gerichts eingehen, so mancher Gerichtsangehörige würde sich noch viele Jahre an diesen Tag erinnern, Eva mit Sicherheit Zeit ihres Lebens.

Am frühen Morgen des besagten Tages wusste Eva bislang nur von zwei Terminen, die für sie an diesem Tag wichtig werden würden. Die mündliche Verhandlung des Berufungsverfahrens ihrer Tante Mathilde war um 10.15 Uhr im Sitzungssaal S 2 im Erdgeschoss vor dem 3. Senat terminiert. Die Senatsvorsitzende war Frau Koenig. Als Benno vor zwei Wochen die Ladung zum Termin erhalten hatte, hatte er Eva sofort angerufen und sie über die bevorstehende »Weihnachtssitzung« informiert. Etwas, das sie am Morgen des Verhandlungstages allerdings noch nicht wusste, war, dass Benno mit Mathilde vereinbart hatte, sie solle aus England anreisen, um persönlich an der Verhandlung teilzunehmen. Dies war Teil seiner anwaltlichen Strategie. Der zweite Termin sollte um 11.00 Uhr im Großen Sitzungssaal S 3 in der ersten Etage des Gerichts beginnen. Völlig überraschend hatte der Präsident eine Woche zuvor eine außerordentliche Personalversammlung für alle Angehörigen des Gerichts einberufen. Selbst Eva wusste nicht weshalb. Der Präsident hatte sie gebeten, an der Versammlung teilzunehmen, wenngleich dies ohnehin zu ihren Aufgaben als Präsidialrichterin zählte. Die meisten der Gerichtsangehörigen gingen davon aus, dass der Präsident in allerletzter Minute noch eine besinnliche Weihnachtsansprache halten wollte. Die übliche Weihnachtsfeier, die für viele in der Hektik der bevorstehenden Feiertage ohnehin nur noch zu einem lästigen Termin geworden war, war auf Vorschlag des Personalrats zu Beginn des Neuen Jahres in einen Sektempfang gewandelt worden. Für Eva aber stand fest, dass der wahre Grund für die plötzliche Zusammenkunft mit Sicherheit ein anderer war. Dies hatte sie für sich behalten, um den Gerüchten nicht noch Vorschub zu leisten. Sie ging davon aus, dass der Präsident an diesem Tag allen Gerichtsangehörigen seinen Nachfolger präsentieren und den Zeitpunkt der Amtsübergabe mitteilen wollte. Anders konnte sie sich das Verhalten des Präsidenten nicht erklären, der sich vor einiger Zeit nur den Vorgang mit allen Bewerbungsgesuchen hatte geben lassen, ohne auch nur ein einziges Wort in ihrer Gegenwart hierüber zu verlieren oder um einen Vorschlag für einen geeigneten Kandidaten zu bitten.

Und dann war da noch der Termin, der im kleinen Sitzungssaal S 1 um 9.30 Uhr im Erdgeschoss terminiert war. Es war Fellers Berufung wegen der Wiederaufnahme seines Antrags auf Opferentschädigung; das Verfahren, in dem der Richter ihn in erster Instanz für prozessunfähig erklärt und allein deshalb seine Klage als unzulässig verworfen hatte. Die Gerichtsverhandlung war vor dem 9. Senat terminiert, dessen Vorsitzender Dr. Walther war. Ob irgendetwas anders verlaufen wäre, wenn Eva gewusst hätte, dass Fellers Verfahren in seiner Anwesenheit mündlich verhandelt werden würde, während sich ihre Tante im benachbartem Gerichtssaal zur selben Zeit aufhalten würde, war im Nachhinein müßig zu hinterfragen; für Evas nervliche Verfassung war es jedenfalls besser, dass sie Fellers Gerichtstermin in der Weihnachtshektik einfach übersehen hatte. Denn Feller hatte viele Verfahren, die entschieden werden mussten und die meisten hiervon endeten, anders als an dem bevorstehenden Verhandlungstag, im schriftlichen Verfahren.

Hauptverhandlung

1

Schon vor einigen Tagen hatte Feller die Aktenordner aus dem Vereinsheim in seine Gartenlaube geschafft. Er hatte Unmengen von Papier gesichtet um sich auf den Tag seiner Gerichtsverhandlung gut vorzubereiten. Unmittelbar nachdem er die Ladung des Obergerichts zum Verhandlungstermin für die Wiederaufnahme seines Verfahrens wegen Opferentschädigung erhalten hatte, hatte er dem Gericht sofort mitgeteilt, dass er auf jeden Fall persönlich an der Gerichtsverhandlung teilnehmen wolle, auch wenn das Gericht dies nicht für erforderlich hielt. Außerdem hatte er beantragt, dass der Sachverständige Dr. Gutenberg, der ihm in seinem erstinstanzlichen Gutachten die Prozessfähigkeit abgesprochen hatte, in der mündlichen Verhandlung anwesend sein sollte. Er wollte ihn zur Rede stellen und der Plan – der dann aber gründlich schief gehen sollte – war, ihm dabei direkt in die Augen zu blicken. Dafür musste er gut präpariert sein.

Am Tag seiner Gerichtsverhandlung war Feller früh aufgestanden. Die Nervosität beherrschte schon jetzt jede Zelle seines Körpers. Er ging hinaus in den Garten und versuchte sich abzulenken. Das winterliche Wetter ließ dies jedoch nicht zu. Die Staudenbeete lagen unter einer weißen Decke. Im Garten war schlichtweg nichts zu tun. Rastlos lief er hin und her, holte schließlich sein schneebedecktes Fahrrad hinter der Gartenlaube hervor und machte es für den Weg zum Gericht fahrbereit. Er verstaute drei Aktenordner in Packtaschen, die er am Fahrrad befestigt hatte. Dann zog er sich schnell die warme Cargo-Hose an, feste Winterstiefel, ein Fleece-Shirt und einen alten Bundeswehr-Parka. Er setzte sich seinen Rucksack auf und machte sich auf den Weg, der angesichts des Wetters einige Zeit in Anspruch nahm.

Gegen 9.20 Uhr erreichte er die Eingangspforte des Gerichts, stellte sein Fahrrad in den überdachten Metallständer und betrat das Gebäude. Die Pförtnerin grüßte Feller kopfnickend und bedeutete ihn zugleich zur Sicherheitsschleuse. Dort erwarteten ihn zwei Wachtmeister, die ihn mit »Guten Morgen Herr Feller, na …, heute mal wieder einen Termin …« in Empfang nahmen. Sie schauten in die Packtaschen, dann in den Rucksack und tasteten Fellers Parka ab. Ergebnislos. Entgangen war ihnen allerdings, dass Feller in der verdeckten Seitentasche seiner Cargo-Hose wie gewöhnlich sein Schweizer Messer mit sich trug. Die Sicherheitsschleuse war nicht scharf geschaltet und deshalb konnte Feller den Eingangsbereich des Gerichts ungehindert passieren.

2

Fellers Termin vor dem 9. Senat war um 9.30 Uhr an zweiter Stelle terminiert. Als er kurz vorher den bereits geöffneten Gerichtssaal S 1 im Erdgeschoss erreichte, begrüßte ihn die Protokollkraft mit »Guten Morgen Herr Feller, Sie können schon Platz nehmen; der erste Termin ist ausgefallen«. Feller setzte sich an einen Tisch, auf dem ihm ein Pappschild mit dem Aufdruck »Kläger« signalisierte, dass dieser Stuhl ihm vorbehalten war. Zu seiner linken Seite war auf einem separaten Tisch das Pappschild »Beklagte« aufgestellt. Dieser Platz war für einen Behördenvertreter bestimmt. Bisher war jedoch noch niemand erschienen; seit langem schon schickten die Behörden keinen Prozessvertreter mehr in Fellers Verfahren.

Kurz nach halb zehn ertönte ein Klingelton, die Protokollkraft öffnete die Tür des Beratungszimmers, aus dem zwei Richter und eine Richterin in ihren schwarzen Roben mit Samtbesatz und die Herren mit weißen Krawatten erschienen, gefolgt von zwei Laienrichtern in normalen Anzügen mit weißem Hemd und farbiger Krawatten. Die fünf Richter nahmen hinter der großen mächtigen Richterbank Platz, die podestartig erhöht war um die Distanz zu den Beteiligten wahren. Der Vorsitzende Richter Dr. Walther stellte die Anwesenheit von Kläger und – wie gewöhnlich – das Fehlen eines Vertreters der beklagten Behörde fest. Dann rief er den gerichtlichen Sachverständigen auf, der – ohne dass Feller dies bemerkt hätte – bereits seit geraumer Zeit auf einem der Zuschauerplätze saß. Außer einem Wachtmeister, der angesichts seiner Fettleibigkeit aus der dunkelblauen Uniform mit dem Aufdruck »Justiz« zu platzen schien, war ansonsten niemand im Gerichtssaal.

Der Vorsitzende eröffnete die mündliche Verhandlung und bat zunächst den Sachverständigen an den kleinen Tisch in der Mitte des Saals, direkt vor die Richterbank zu wechseln. Dann stellte er seine Personalien fest: Dr. Heinrich Gutenberg, 72 Jahre alt, von Beruf Allgemeinarzt, mit den Anwesenden im Saal weder verwandt noch verschwägert. Nachdem die Protokollkraft die Daten in den Computer geschrieben hatte, bat der Vorsitzende Richter den Berichterstatter zu seiner rechten Seite, den Sachverhalt vorzutragen.

Der Richter wandte sich seinem vorgefertigten Text zu, räusperte sich … und bevor er auch nur eine einzige Silbe aussprechen konnte, schallte laut durch den Gerichtssaal: »Befangenheitsantrag gegen den Sachverständigen«, sofort blickten alle Richter zu Feller herüber, der in diesem Moment wiederholte: »Der Sachverständige ist parteiisch für das Gericht eingenommen. Ich kenne den Mann gar nicht, alles Blödsinn was er geschrieben hat. Entziehen sie ihm besser die Approbation als Arzt, bevor sie so einen Schwachmaten auf die Menschheit loslassen«. »Herr Feller, ich möchte Sie bitten sich zu mäßigen«, rügte ihn der Vorsitzende, »da ich Sie ansonsten des Saals verweisen muss. Ich frage Sie deshalb, ob Sie den Befangenheitsantrag zurücknehmen, …«. »Nein!«, fiel ihm Feller sofort ins Wort und brüllte noch lauter als zuvor »Befangenheitsantrag gegen den Sachverständigen, beantrage ich«. Der Vorsitzende diktierte der Protokollkraft kurz etwas, signalisierte den anderen Richtern, sich zurückzuziehen und schon waren alle fünf Richter wieder hinter der verschlossenen Tür des Beratungszimmers verschwunden. Währenddessen rückte der uniformierte Wachtmeister in unmittelbare Nähe Fellers auf. Doch das schien Feller zu ignorieren, der unentwegt in seinen Aktenordnern blätterte und so vermied, den Sachverständigen anzuschauen. Nach einer Weile zogen die Richter in derselben Prozedur wieder in den Saal ein. Der Vorsitzende verlas: »Der Befangenheitsantrag gegen den Sachverständigen Dr. Heinrich Gutenberg wird wegen Rechtsmissbräuchlichkeit abgelehnt, beschlossen und verkündet. Herr Berichterstatter fahren Sie jetzt bitte …« » und schon tönte Feller lautstark »Befangenheitsantrag gegen alle Richter«. Der Vorsitzende wandte sich Feller zu und fragte ihn: »Herr Feller habe ich Sie eben richtig verstanden?« »Ja«, brauste Feller auf, »meinen Sie vielleicht ich spreche kein Deutsch oder was ist hier los? Befangenheitsantrag gegen alle Richter, das haben Sie schon richtig verstanden«. Dieses Mal deutete Dr. Walther den anderen Richtern sitzen zu bleiben, die sich flüsternd an der Richterbank kurz austauschten, bis der Vorsitzende allen Richtern zunickte, kurz etwas notierte und dann die Stimme erhob: »Der Befangenheitsantrag gegen die Richter des Senats wird wegen Rechtsmissbräuchlichkeit als unzulässig verworfen, beschlossen und verkündet. Herr Feller, können wir jetzt endlich mit Ihrem Prozess beginnen?« Keine Antwort darauf, Feller blätterte nervös durch die Seiten der Aktenordner, es schien als nehme er keine Notiz von den Anwesenden.

Justizsüchtig

1

Nachdem der Berichterstatter nun endlich seinen Vortrag zum Sachverhalt abgeschlossen hatte und der Vorsitzende resümierte, dass es in diesem Berufungsverfahren nur um die Wiederaufnahme des Opferentschädigungsantrags aus dem Jahre 1999 ging, der in erster Instanz wegen Prozessunfähigkeit des Klägers als unzulässig abgewiesen worden war und er all jene Verfahren erwähnte, die Feller daneben am Obergericht noch anhängig gemacht hatte, richtete der Vorsitzende das Wort an den gerichtlichen Sachverständigen »Herr Dr. Gutenberg, ich möchte Sie jetzt bitten, Ihr ärztliches Gutachten, das Sie über den hier anwesenden Kläger zu dessen Prozessfähigkeit im Auftrag des erstinstanzlichen Gerichts erstellt haben, vorzutragen. Bitte erläutern Sie die von Ihnen gestellte Diagnose, das Ergebnis Ihres Gutachtens und auf welche Weise Sie zu dieser Einschätzung gekommen sind. Bitte, Sie haben das Wort.«

Der Sachverständige hatte seine Unterlagen zusammen mit dem Gutachten auf dem kleinen quadratischen Tisch ausgebreitet. Er strich sich sein fast weißes Haar aus der Stirn, setzte seine große dunkle Brille auf. Ein aufmerksamer Beobachter hätte die kleinen roten Flecken an seinem Hals bemerkt, die ein deutliches Zeichen seiner Aufregung waren. Als gerichtlicher Sachverständiger kannte er zwar die Atmosphäre eines Gerichtssaals; es passierte aber nicht allzu oft, dass er sein Gutachten dem Gericht mündlich in der Gegenwart des Probanden erklären musste. Die unmittelbare Nähe Fellers bereitete ihm Unbehagen. Und tatsächlich hatte sich Feller an seinem Tisch so platziert – um kein Wort dessen zu verpassen, was der Gutachter nun gleich ausführen würde –, dass Dr. Gutenberg den Eindruck hatte, er könne den schnellen Atem Fellers in seinem Nacken spüren.

»Hohes Gericht«, begann Dr. Gutenberg seinen Vortrag, »ich habe ein ärztliches Gutachten über den Kläger Horst Feller am 11.1.2011 erstellt, das ich nach allen Regeln medizinischer Wissenschaft angefertigt habe zu der Frage, ob der Kläger prozessfähig ist. Ich habe die Frage untersucht, ob er in der Lage ist, selbständig notwendigen Schriftverkehr und Behördenangelegenheiten zu bewältigen und er bei Ereignissen, die alltagsbezogene Zusammenhänge überschreiten, wie zum Beispiel bei einer Gerichtsverhandlung, ausreichend in der Lage ist, seine Entscheidungen von vernünftigen Erwägungen abhängig zu machen. In meiner medizinischen Bewertung der Dinge bin ich zu dem Ergebnis gekommen, dass der Kläger an einer paranoiden, ja geradezu wahnhaften Störung leidet und mit an Sicherheit grenzender Wahrscheinlichkeit Geschäftsunfähigkeit für den Bereich der Prozessführung vorliegt.« Dr. Gutenberg machte eine kleine rhetorische Pause, atmete tief ein, während er zur nächsten Seite seines Gutachtens wechselte.

Der Vorsitzende nutzte dies und warf ein »Herr Sachverständiger, würden Sie bitte dem Gericht darlegen, welche Gründe für Ihre Einschätzung sprechen.« Dr. Gutenberg räusperte sich und rückte seine Brille zurecht. Mittlerweile waren die kleinen roten Flecken zu einer einzigen unübersehbaren roten Fläche am Hals zusammengewachsen, deren sichtbare Grenze scharf am Rand des angestrengten Gesichtes des Gutachters verlief. Seine Anspannung stand ihm im Gesicht geschrieben.

»Herr Vorsitzender, der Kläger ist spätestens seit Mitte des Jahres 2000 infolge einer isoliert themenbezogenen wahnhaften Entwicklung nicht mehr in der Lage, die Realität eines Behörden- und insbesondere eines Gerichtsverfahrens adäquat wahrzunehmen. Auf dem Boden einer primär abartigen Persönlichkeit hat seitdem eine erheblich abnorme Persönlichkeitsentwicklung eingesetzt, die – wie sooft beim Querulantenwahn – auf ein Schlüsselerlebnis zurückgeht, nämlich hier auf den Umstand, dass ein nichtiges, real folgenlos gebliebenes Ereignis im November des Jahres 1999 – das der Kläger aber als gewalttätigen, in existenzieller Hinsicht für ihn desaströsen Angriff auf seine Person erlebt hat – schließlich mit dem völligen Verlust der Wirklichkeit einhergegangen ist. Die fixe, überwertige Idee eines vermeintlich gewalttätigen Übergriffs hat von ihm seitdem völligen Besitz ergriffen.«

»Herr Dr. Gutenberg«, unterbrach ihn der Vorsitzende Richter erneut, »könnten Sie bitte Ihre Ausführungen zum Ergebnis der Prozessunfähigkeit konkretisieren. Allein der Umstand, dass Herr Feller ein Ereignis für sich fehl interpretiert haben mag, begründet noch nicht die Schlussfolgerung, dass er nicht in der Lage sei, einen Prozess eigenverantwortlich führen zu können. Denn hierfür ist einzig und allein darauf abzustellen, ob jemand in der Lage ist, seinen Willen frei und unbeeinflusst von einer Geistesstörung zu bilden und nach Abwägung des Für und Wider der in Betracht kommenden Gesichtspunkte einsichtig zu handeln oder ob umgekehrt von einer freien Willensentscheidung nicht mehr gesprochen werden kann, weil infolge der Geistesstörung andere Einflüsse den Willen übermächtig beherrschen«, belehrte Dr. Walther den Sachverständigen wie einen Schüler.

2

Dr. Gutenberg begann sich angesichts der inquisitorischen Befragung des Vorsitzenden Richters unwohl zu fühlen. Schweißperlen standen auf der Stirn, als er unsicher fortfuhr »Herr Vorsitzender, sehen Sie, ab ungefähr Mitte des Jahres 2000 hat nicht mehr das besagte Ereignis, sondern der Kampf gegen die Behörden und der sich daran anschließende Krieg mit der Justiz den Charakter einer überwertigen Idee angenommen. Der Kläger hat zu keinem Zeitpunkt Alternativen zu seiner eigenen Sichtweise der Dinge akzeptiert. Er ist in seiner Einschätzung unkorrigierbar gewiss, ohne nur ansatzweise die Möglichkeit zu erwägen, dass die eine oder andere in diesem

Zusammenhang getroffene gerichtliche Entscheidung zutreffend ergangen sein könnte. In der Medizin wird der Wahn von dem unkorrigierbaren Festhalten an einer Überzeugung gekennzeichnet. Diese Wahnsymptomatik hat sich beim Kläger entwickelt, nachdem das Gericht im ersten, ursprünglichen Verfahren um eine Opferentschädigung die Darstellung des Klägers zum Sachverhalt lediglich als nicht erwiesen angesehen hat. Danach hat der Kläger eine Extremposition eingenommen. Die wahnhafte Entwicklung hat dann seinen Lauf genommen, unter Außerachtlassen jeder Konventionen im Umgang mit Behördenmitarbeitern und vor allem gegenüber Richtern. Das ist messbar an den Endlosschriftsätzen und Endlosbeschwerden, ohne jede Auseinandersetzung mit der Position der Gegenseite, durch eine schriftliche, aber auch verbale Intensivierung von Äußerungen, Vorwürfen und haltlosen Beschimpfungen gegen Richter. Das alles zeigt, dass nicht mehr der Wille im Vordergrund steht, ein Gerichtsverfahren vernünftig zu führen, sondern dass es dem Kläger nur noch darum geht, das Verfahren zum Selbstzweck zu führen, den Richtern sein »besseres Wissen« zu verdeutlichen. Dies alles zeugt von einer Art und Weise der Auseinandersetzung, die persönlichkeitsfremd und realitätsfern ist. Der Gegner ist schon längst nicht mehr die verklagte Behördenseite, die dem Kläger den vermeintlichen Anspruch auf Opferentschädigung vorenthält, sondern in erster Linie sind es die Richter geworden. Das aber ist in der medizinischen Literatur seit langem als Ausdruck eines paranoiden Querulantenwahnsinns oder als Querulanten-Paranoia anerkannt. Üblicherweise geht diese Erkrankung neben der exzessiven Rechthaberei mit der Verkettung verschiedener anderer Aspekte einher, auf die ich jetzt im Einzelnen nicht eingehen werde, was im Ergebnis aber zum sozialen Abstieg des Betroffenen führt. Auch davon gehe ich hier aus.«

Dr. Gutenberg lehnte sich erschöpft auf dem unbequemen Stuhl zurück. Er litt an Bluthochdruck, der ihn in dieser angespannten Situation in Schach hielt. Der Arzt wischte sich mit einem weißen Stofftaschentuch den Schweiß von der Stirn. Er war es nicht gewohnt, solche bohrenden Fragen zu seinen medizinischen Diagnosen beantworten zu müssen. Er hoffte, die Befragung würde jetzt endlich beendet sein. Doch auf der Richterbank kam Geflüster auf. Der Berichterstatter meldete sich zu Wort, der Vorsitzende Dr. Walther nickte ihm zu und dies war das Zeichen, dass der junge Richter selbst das Wort an den Sachverständigen richten durfte. »Herr Dr. Gutenberg«, begann er, »bitte legen Sie dem Senat die Methode Ihrer Begutachtung dar. Welche Untersuchungsmethoden haben sie angewandt, welche psychologischen Tests haben Sie durchgeführt und wie haben Sie die Validität Ihrer Ergebnisse sichergestellt und entspricht dies dem aktuellen Stand der medizinischen Wissenschaft?« insistierte der Richter.

Diese Frage empfand Dr. Gutenberg mehr als nur befremdend. Was sollte das? Er hatte wahrscheinlich eine längere Berufserfahrung als gerichtlicher Sachverständiger als der Richter alt war. Dr. Gutenberg zögerte einen Moment, dann sagte er »Herr Berichterstatter, es dürfte doch auch Ihnen bekannt sein, dass ich das Gutachten den Vorgaben der ersten Instanz entsprechend erstellt habe. Ich habe nicht den Auftrag gehabt, den Kläger persönlich – weder ambulant noch stationär – zu untersuchen …«. »Und halten Sie das für die richtige Methode, um eine Prozessunfähigkeit medizinisch festzustellen?« unterbrach ihn der Berichterstatter. Der Vorsitzende Dr. Walther gebat ihm durch eine Handbewegung Einhalt und übernahm dann wieder selbst das Wort »Herr Dr. Gutenberg, bitte fahren Sie fort …«.

»Wie gerichtsbekannt sein dürfte, habe ich ein Gutachten nach Aktenlage über den Kläger erstellt. Der Auftrag des erstinstanzlichen Gerichts bestand darin, alle Prozesse, die der Kläger seit dem Jahr 2000 an dem Gericht geführt hat, auszuwerten. Hierfür wurden mir in der Bibliothek alle Gerichtsakten des Klägers zur Einsicht zur Verfügung gestellt. Über einen Zeitraum von ca. 10 Wochen habe ich jeden Tag von ca. 9.00 Uhr bis 16.00 Uhr die Prozessakten gelesen. Es waren Meter an Aktenbergen oder in Zahlen ausgedrückt: Weit über 200 Prozesse mit bis jeweils drei bis fünf Aktenbänden pro Verfahren«. »Und zu welcher Erkenntnis sind Sie dadurch gekommen?«, fragte der Vorsitzende Richter. Dr. Gutenberg ging in sich, atmete schwer und antwortete: »Nun, wissen Sie, die Diagnose des Querulantenwahnsinns lässt sich unschwer an die Analyse des Schriftbildes koppeln. In den Endlosbriefen des Klägers erlaubten

Stil und Orthografie die Paranoia zu erkennen. Das gesamte Schriftbild ist gekennzeichnet von unleserlichen Kritzeleien, Anmerkungen, Randbemerkungen, durch Unterstreichungen, ein- und mehrfache Ausrufungs- und Fragezeichen, Hervorhebungen durch Fettschrift, Großbuchstaben, verschiedenartige Farben oder Markierungen, bis hin zu völlig sinnentstellenden Verschachtelungen und unbekannten Konstruktionen. Ich habe beim Kläger immer wieder selbst erdachte Worte gefunden, und mich gefragt, was zum Beispiel sind »Warzer«?, oder Satzstellungen und Zeichensetzung, die weder mir noch dem deutschen Duden geläufig sind und völlig eigenen Regeln zu folgen scheinen, wie zum Beispiel eine Schreibweise, bei der die Buchstaben nicht horizontal, sondern vertikal angeordnet sind.«, teilte Dr. Gutenberg sichtlich erschöpft mit.

Es entstand eine Pause, der Vorsitzende schaute zu den Richtern, sodann erhob der Berichterstatter erneut die Hand und Dr. Walther ließ eine weitere Frage zu »Herr Dr. Gutenberg, bitte noch eine Frage: In Ihrem Gutachten beziehen Sie sich auf mehrere Lehrbücher der Psychiatrie, u.a. auf das Handbuch der gerichtlichen Psychiatrie, 3. Auflage, Berlin 1936, auf das Lehrbuch der speziellen Psychiatrie für Studierende und Ärzte, erschienen in Erstauflage um 1900 und auf weitere Standardwerke der Psychiatrie. Das Erscheinungsjahr dieser Bücher, die von ihnen zitiert werden, datieren alle zwischen 1900 und 1940. Ich möchte Sie deshalb fragen, an welcher Stelle Ihres Gutachtens haben Sie sich mit neueren Theorien von psychosomatischen Erkrankungen, etwa der posttraumatic embitterment disorder, kurz PTED, zu Deutsch: posttraumatischen Verbitterungsstörung oder ähnlichen Störungen befasst, und wenn nicht, weshalb nicht?«

Dr. Gutenberg schaute den jungen Richter kraftlos an. Er hatte den wunden Punkt seiner Vita entdeckt. Der renommierte Psychiater Dr. Heinrich Gutenberg, war nicht er, sondern sein namensgleicher Vater gewesen. Er hatte es nur zum Allgemeinmediziner gebracht, der seine ärztliche Praxis schon mit Anfang vierzig wieder aufgegeben hatte, um sich ganz der lukrativen Tätigkeit als gerichtlicher Sachverständiger zu widmen. Anders als sein Vater hatte er nie das Bedürfnis verspürt, Menschen zu heilen. Am liebsten wäre er selbst Jurist geworden, doch das hatte der Vater nicht zugelassen. Er hatte ihm eine stattliche psychiatrische Bibliothek mit den Erstlingswerken später namhafter Psychiater hinterlassen, die tatsächlich ab 1900 erschienen waren. Und zugegebenermaßen hatte Dr. Gutenberg all seine Erkenntnisse über Fellers geistige Verfassung diesen Büchern nahezu wortgleich anhand der dort verfassten Expertisen über paranoide Querulanten entnommen. Ob diese Theorien heute noch Gültigkeit beanspruchen konnten, hatte er nicht überprüft. Auch hätte er gar nicht gewusst, anhand welcher aktuellen Medizin-Literatur er dies hätte bewerkstelligen sollen. Fortbildungen hatte er schon seit Jahren nicht mehr besucht.

Deshalb antwortete er »Ich gehe davon aus, dass die von mir zitierten Lehrbücher dem Stand der psychiatrischen Wissenschaft entsprechen«. Gemurmel auf der Richterbank. Dann die beisitzende Berufsrichterin »Herr Dr. Gutenberg, wie viele Male haben Sie als gerichtlicher Sachverständiger Gutachten über paranoiden Querulantenwahnsinn erstellt?« Hierüber musste Dr. Gutenberg nicht lange nachdenken: »Es ist mein erstes Gutachten dieser Art nach«. Und schon kam die nächste Frage, dieses Mal fragte der Laienrichter »Herr Dr. Gutenberg, wie können Sie einen wahnsinnigen Querulanten von einem schwierigen Dauerkläger unterscheiden?« Diese Frage blieb seitens des Gutachters unbeantwortet, denn dies schien das richtige Stichwort gewesen zu sein, um Feller aus seiner unerklärlichen Teilnahmslosigkeit während der Befragung des Sachverständigen aufzuwecken. Ohne Vorankündigung schrie er plötzlich laut durch den Gerichtssaal: »Lüge, alles Lüge, Lüge, alles Lüge …!«

Oh my God

Im Gerichtssaal S 2 am anderen Ende des Flurs im Erdgeschoss war die Verhandlung in Mathildes Rechtsstreit in Sachen überzahlter Altersrente vor dem 6. Senat zur selben Zeit in die entscheidende Phase gekommen. Die Senatsvorsitzende Koenig hatte der Klägerin nun endlich das Wort erteilt, nachdem die Richterin bislang keine Gelegenheit versäumt hatte, ihre eigene Person in den Vordergrund der Gerichtsverhandlung zu stellen. Die Vorsitzende Richterin hatte zunächst umfängliche Hinweise zum Procedere des Rechtsstreits gegeben und den Berichterstatter mehrmals während seines Vortrags zum Sachverhalt unterbrochen, nur um noch auf weitere Formalien hinzuweisen. So war die erste Stunde der Gerichtsverhandlung verstrichen, ohne dass für die Beteiligten nachvollziehbar war, aus welchem Grund die Vorsitzende so agierte und was sie damit bezwecken wollte.

Wahrscheinlich diente dies einzig und allein dem Zweck zu zeigen, wer den Vorsitz im Gerichtssaal hat, dachte sich Benno, bevor nun endlich Mathilde das Wort ergreifen durfte und dem dieses Spiel mit der Macht aus seinen Wirtschaftsprozessen nicht unbekannt war. Benno saß in seiner schwarzen Robe neben ihr. Der wichtigste Teil seiner Anwaltsstrategie war, dass Mathilde dem Gericht ihre Sichtweise der Dinge selbst vortragen sollte. Dafür hatte er sie aus England anreisen lassen. Das hatte er Eva besser vorenthalten. Mathilde saß nun in einem neuen

Tweed-Kostüm, dazu farblich passender altrosafarbener Bluse und einer frisch gelegten Dauerwelle neben ihm und niemand im Saal hätte der alten Dame zugetraut, dass sie wissentlich Sozialleistungen hinterzogen hätte. Etwas, das Benno allerdings gründlich unterschätzt hatte war, dass Mathilde bei Aufregung ihr lückenhaftes Deutsch mit dem Englischen durcheinander brachte und ihr jetzt die Worte fehlten. Deshalb hatte sie ihren Vortrag vorsorglich aufgeschrieben und hatte begonnen, vom Papier abzulesen. Dabei war sie sehr aufgeregt, verhaspelte sich fortwährend und las den Text schließlich so unbeholfen vor, dass er für Zuhörer kaum noch verständlich war. Der authentische und überzeugende Eindruck einer unbescholtenen und rechtschaffenen Frau, den sich Benno erhofft hatte, war bisher bei niemandem im Gerichtssaal entstanden. Bennos Strategie, wonach Mathilde den Richtern ihre eindrucksvolle Lebensgeschichte erzählen sollte, vor allem davon, dass ihr verstorbener Mann mit ihr darin übereingekommen war, dass sie die vier Jungen groß zog, während Matthew das Geld allein nach Hause brachte, so dass sie auch über seinen Tod hinaus sorgenfrei leben könnte, war gründlich gescheitert.

Die Vorsitzende Richterin schien sich von Mathildes Worten nicht beeindrucken zu lassen. Sie reagierte ungeduldig als Mathilde anfing, ihren Vortrag vom Papier abzulesen. Dies schien ihren Plan zu stören, da sich der Blick der Vorsitzenden unentwegt zur Gerichtsuhr richtete, die über der Eingangstür des Saals hing. Es ging mittlerweile auf 12.00 Uhr zu. Nach einer Weile fuhr sie Mathilde ungehalten an »Frau Harris, haben Sie denn nie daran gedacht, sich um ihre eigene Altersvorsorge Gedanken zu machen?« Diese vorwurfsvolle Frage war es schließlich, auf die Mathilde zum ersten Mal seit Beginn der Gerichtsverhandlung wirklich überzeugend und selbstbewusst reagierte. Sie legte ihr Papier zur Seite, setzte die Brille ab und blickte die Vorsitzende direkt an: »Frau Richterin, wissen Sie wie es ist, vier Jungen groß zu ziehen? Haben Sie Kinder?« Jetzt war der Punkt erreicht, an dem Benno eingreifen musste. Niemand, auch nicht Mathilde stand es zu, der Vorsitzenden solche Fragen zu stellen. Sein Plan war völlig fehlgeschlagen. Er hätte es wissen müssen. Er hatte Mathilde zuviel zugemutet.

Benno legte seine Hand beruhigend auf den Arm Mathildes, um ihr zu signalisieren, dass er für sie jetzt das Wort ergreifen würde. »Frau Vorsitzende, bitte verstehen Sie die Klägerin nicht falsch. Meine Mandantin wollte dem Gericht lediglich vermitteln, dass sie ihrem verstorbenen Mann uneingeschränkt vertraut hat, der ihr zu Lebzeiten versichert hat, dass er sich auch für den Fall seines Todes um ein finanziell sorgenfreies Leben meiner Mandantin gekümmert hatte. Das mag zwar nach einem eher altmodischen Rollenverständnis klingen, aber hohes Gericht, bitte sehen Sie nach, dass diese Ehe fast 40 Jahre bis um Tod des Ehegatten Bestand hatte und zu einer Zeit geschlossen wurde, als in einer Ehe noch andere Regeln galten als heute.« Die Vorsitzende Richterin sah ihn an und zog die Augenbrauen hoch »Herr Rechtsanwalt, ich muss Sie wohl nicht darauf hinweisen, dass es hier um etwas Anderes als um Fragen des Eherechts geht.« Die Senatsvorsitzende Frau Koenig machte eine Pause und blickte in die Runde der anderen Berufs- und Laienrichter des Senats. Keine Reaktion.

Wenn es jetzt 1:0 für die Gegenseite stand, musste Benno eben zu Plan B greifen. »Frau Vorsitzende, bitte gestatten Sie mir eine Frage an den beklagten Behördenvertreter.« Dieser ruckte auf seinem Stuhl hin und her, als er hörte, dass der Rechtsanwalt nun ihn befragen wollte. Der Behördenvertreter war ein Mann mittleren Alters in einem schlecht sitzenden Anzug mit nachlässig gebundener Krawatte und billigen Kaufhausschuhen, deren Hacken herunter getreten waren. Dazu trug er weiße Tennissocken. Sofort holte er aus seinem kunstledernen Aktenkoffer noch eine weitere graue Handakte heraus, die er vor sich auf dem Tisch ausbreitete. Nervös drehte er an seinem Kugelschreiber. Die Vorsitzende Richterin nickte und Benno wandte sich direkt dem Behördenvertreter zu. »Wie ich sehe, haben Sie Ihre Unterlagen dabei. Können Sie bitte Auskunft geben, wann genau ihre Behörde meiner Mandantin ein Anhörungsschreiben wegen der beabsichtigten Rückforderung der überzahlten Altersrente nach England geschickt haben will?« Der Behördenvertreter blätterte in seiner grauen Handakte und sagte einsilbig »Das Anhörungsschreiben datiert vom 3.2.2010.« Benno schlug einen bestimmteren Ton an. »Entschuldigen Sie, ich glaube, Sie haben mich nicht richtig verstanden. Ich habe Sie nicht nach dem Datum des Anhörungsschreibens gefragt, sondern möchte wissen, wann Ihre Behörde meiner Mandantin das besagte Schreiben nach England geschickt haben will?« Der Behördenvertreter blätterte jetzt sichtlich nervös in seiner Handakte. Dann schaute er hilfesuchend die Senatsvorsitzende an, die ihm signalisierte, die Frage zu beantworten. »Ich gehe davon aus, dass das Anhörungsschreiben am selben Tag unser Haus verlassen hat.« Benno nahm ihn jetzt ins Kreuzverhör »Gehen Sie nur davon aus, oder wissen Sie das genau«? »Das ist die ständige Praxis unserer Behörde. Alle Schreiben werden am Tag ihrer Unterschrift herausgeschickt. Ich wüsste nicht, was in diesem Fall dagegen sprechen sollte«, hörte Benno den Gegner mit unsicherer Stimme antworten. Benno insistierte. »Ich frage Sie nochmals, wie können Sie wissen, dass das Anhörungsschreiben am 3.2.2010 tatsächlich abgesandt worden ist?«. »Ich denke, ich habe die Frage beantwortet«, gab der Behördenvertreter patzig zurück. Das aber genügte Benno noch nicht. Er wollte ihn in die Enge treiben und hoffte insgeheim, dass die Vorsitzende ihn gewähren ließ. Ohne zur Richterbank zu schauen fuhr er einfach fort. »Wie hat Ihre Behörde sichergestellt, dass das Anhörungsschreiben meine Mandantin in England überhaupt erreicht?« »Es ist wie üblicherweise am selben Tag zur Post gegeben worden«, antwortete der Behördenvertreter jetzt ungehalten. Benno darauf »Können Sie bitte sagen, ob es durch Einschreiben oder eine ähnlich sichere Zustellung versandt worden ist? Können Sie hierüber einen Beleg vorweisen?«

Benno riskierte jetzt alles. Wenn der Weisssockenträger auf die Idee kommen sollte, ihn zu fragen, ob sich das Original des Anhörungsschreibens in seiner Rechtsanwaltshandakte befinden sollte, hatte er verloren. Dann wäre auch Plan B gescheitert. Es war ein Pokerspiel um alles oder nichts. Das Anhörungsschreiben mit dem abgestempelten Briefumschlag lag in seiner Schreibtischschublade im Büro. Er wusste ganz genau, dass Mathilde vor der Rückforderung der überzahlten Rente angehört worden war und dass kein Verfahrensfehler vorlag, mit dem er die gesamte Rückforderung wie eine Seifenblase hätte platzen lassen können. Warum hatte er sich jetzt zu so etwas hinreißen lassen? Er wusste es selbst nicht. Wollte er Eva mit einem unlauteren Anwaltstrick beeindrucken? Die Luft war zum Schneiden dick. Bennos weißer Hemdkragen klebte an seinem Hals und er begann sich in seiner eigenen Haut unwohl zu fühlen. Irgendwie musste er aus dieser Nummer wieder heraus. So könnte er seinen guten Ruf ruinieren. »Wieso einen Beleg?«, hörte er die Stimme des Weisssockenträgers, »Anhörungsschreiben werden üblicherweise mit einfachem Brief versandt. Also gibt es keinen Beleg darüber. Der Brief gilt mit dem dritten Tage nach der Postaufgabe als zugestellt«, wurde Benno von ihm belehrt. »Aber nicht bei einer Versendung ins Ausland!« behauptete Benno frech.

Jetzt griff die Senatsvorsitzende ein »Meine Herren, ich wäre Ihnen sehr dankbar, wenn Sie mir Ihre Aufmerksamkeit schenken würden.« Das war ein deutliches Signal, dass das Gericht Zustellungsfragen über Briefe im

Ausland offensichtlich nicht für streitentscheidend hielt. »Dem Gericht ist auch nach Vorberatung der Sache unter den Berufsrichtern nicht klar«, begann sie, »zu welchem Zeitpunkt die beklagte Behörde erstmals davon erfahren hat, dass der Verstorbene verheiratet gewesen ist. Können Sie dies bitte dem Gericht erläutern. Die Verwaltungsakten geben hierüber keinen Aufschluss.« Benno atmete auf. Dass die Frage nicht an ihn gerichtet war, gab ihm Zeit und deutete darauf hin, dass es hier ein Problem für die Beklagtenseite gab. Dies flüsterte er beruhigend Mathilde zu. Jetzt hatte er sich wieder gefangen.

Der Behördenvertreter blätterte wieder nervös in seiner Handakte und räumte ein »Frau Vorsitzende, ich muss gestehen, dass meine Behörde erst zu dem Zeitpunkt als die Überzahlung in 2010 aufgeflogen ist, davon erfahren hat, dass der Versicherte mit der Klägerin verheiratet war. Der verstorbene Ehegatte hat uns seine Heirat zu keinem Zeitpunkt mitgeteilt. Alle Antwortschreiben nach seinem Tod sind mit »M. Harris« oder mit »Math. Harris« unterzeichnet worden, so dass der Eindruck entstehen musste, der Ehegatte der Klägerin sei noch am Leben.« »Hat die Klägerin bei Ihrer Behörde zu irgendeinem Zeitpunkt einen Antrag auf eine eigene Altersrente oder auf eine Witwenrente gestellt?«, fragte ihn die Vorsitzende daraufhin. »Nein«, lautete die klare Antwort des Behördenvertreters.

Benno war nicht klar, worauf die Vorsitzende hinauswollte. Dann fragte sie ihn »Herr Rechtsanwalt, wünschen Sie noch das Wort?«, und hörte sich selbst wie von Ferne sagen, dass er selbstverständlich das Wort wünsche. Nur was sollte er dem Gericht vortragen? Jetzt bewahrheitete sich, dass er überhaupt keine Ahnung von der ganzen Sache hatte. In einem Wirtschaftsprozess hätte er sofort reagiert, wenn das Gericht auch nur das leiseste Signal gegeben hätte. Im Wirtschaftsrecht war er Spezialist, aber das hier …; er hätte dieses Mandat nie übernehmen dürfen, durchschoss es ihn wie ein Blitz. Er wusste, er hatte gegen die eiserne Regel seines Seniorchefs verstoßen, nämlich von einem Mandat die Finger zu lassen, wenn man persönlich involviert war oder man nicht die geringste Ahnung von der Materie hatte. Beides traf hier zu. Von Eva hatte er das Befolgen dieser Regel sogar eingefordert, als er ihr sagte, sie müsse sich aus dem Mandat heraushalten, weil es der Rechtsstreit ihrer Tante sei. Doch er selbst hatte gegen die Regel gleich doppelt verstoßen. Denn die Übernahme des Mandats war nicht der Sache sondern einzig und allein seinen Sympathien für Eva geschuldet. Das war der größte Fehler, den er als Anwalt machen konnte und der sich in diesem Augenblick bewahrheitete. Also musste er improvisieren, einen Vortrag aus dem Stand halten oder irgendetwas anderes tun. Mathilde schaute ihn flehend an. Er holte tief Luft und begann »Frau Vorsitzende, in dieser Angelegenheit bedarf es offensichtlich einiger Klarstellung …« und bevor Benno wusste, wie er diesen Satz zu Ende führen würde, wurde die große Tür des Sitzungssaals mit einem lauten Ruck aufgerissen.

Augenblicklich drehten alle ihren Kopf zu dem Geräusch. In der offenen Tür des Gerichtssaals stand ein atemloser Feller mit wirrem Blick. Wie ein Fackelläufer hielt er sein Schweizer Messer mit ausgeklappter Klinge in der rechten Hand hoch. Seine Hand und sein Unterarm waren blutverschmiert. Um die Hand hatte er sich einen Stofffetzen gewickelt, der inzwischen blutdurchtränkt war. Sofort stand Benno auf und stellte sich in seiner schwarzen Robe schützend vor Mathilde, der in ihrer Angst ein »Oh my God« entfuhr. Feller steuerte ohne etwas zu sagen an ihnen vorbei und ging direkt auf die Richterbank zu. Geistesgegenwärtig drückte die Vorsitzende sofort den roten Alarmknopf unter der Bank, ohne dass Feller dies bemerkt hätte. Dann brüllte er nur: »Wo geht's hier raus, man?«

Missgeschick

Etwa zehn Minuten bevor Feller in Mathildes Gerichtsverhandlung im Saal S 2 geplatzt war, hatte sich der Vorsitzende Richter Dr. Walther im Saal S 1 zu einer Beratungspause entschlossen, als er bemerkte, dass dem gerichtlichen Sachverständigen Dr. Gutenberg die Beantwortung der an ihn gerichteten Fragen Schwierigkeiten bereitete, er angeschlagen wirkte und ihn zusehends die Kräfte verließen. Eine Unterbrechung der Sitzung war umso willkommener, als auf die Frage des Vorsitzenden Dr. Walther an Feller, ob dieser selbst das Wort an den Sachverständigen richten wolle, Feller nur wirres Zeug von sich gegeben hatte und wie von Sinnen »Alles Lüge, …Alles Lüge …« durch den Gerichtssaal gebrüllt hatte. Deshalb hatten es die Richter vorgezogen, sich im schallgedämmten Beratungszimmer und hinter verschlossener Tür ungestört über das Ergebnis der Anhörung des Sachverständigen Dr. Gutenberg auszutauschen.

So kam es, dass die Richter das wichtigste Geschehen im Gerichtssaal überhaupt nicht bemerkten. Feller hatte während der Gerichtsverhandlung nicht ein einziges Wort verstanden. Er hatte nicht die geringste Ahnung, worüber die Richter mit dem Sachverständigen gesprochen hatten und was sie mit all den Fragen eigentlich bezweckten. Er hatte sich gewundert, dass die Richter dem alten schwitzenden Mann so viele Fragen gestellt hatten, dass es so aussah, als bräuchte der Doktor selbst einen Arzt. »Aber was soll's«, sagte sich Feller. Hatte ihn irgendjemand in den vergangenen Jahren nach seinem Befinden gefragt? Der alte Mann war eine armselige Kreatur, der sich in arroganter, geradezu menschenverachtender Weise anmaßte, Urteile über ihn zu fällen, obwohl er nie, auch jetzt nicht, nur ein einziges Wort im Leben mit ihm gesprochen hatte. Wie konnte es sein, dass sich so jemand herausnahm, ihn einfach zum Irren abzustempeln? Das war pure Euthanasie. Der Penner hatte sich aufgespielt wie Gott in weiß und die Richter würden wie immer nichts anderes tun als diesen Blödsinn glauben. Was dann mit ihm passieren würde, wusste er nicht. Wahrscheinlich würde er für immer in der Psychiatrie landen.

Panische Angst überkam ihn bei diesem Gedanken. Er musste sofort aus diesem Gerichtssaal verschwinden. In seinem Kopf ging alles durcheinander. Die schwarzen Roben und die Uniform des Wachtmeisters empfand er als bedrohlich. Die Richter könnten jeden Moment wieder den Gerichtssaal betreten. Dann müsste er weg sein. Er fühlte sich wie ein Tiger im Käfig, der gefangen und eingesperrt war. Er kannte sich mit Pflanzen und Gärten aus, aber das hier war nicht seine Welt. Er durfte sich nichts anmerken lassen. Der Wachtmeister saß ihm direkt im Rücken und beobachtete jede seiner Körperbewegungen. Also blätterte er mit gesenktem Kopf wieder durch seine Aktenordner. Plötzlich war sie wieder da, die kleine, inzwischen vergilbte Pressenotiz, die von dem

Übergriff auf zwei Friedhofsgärtner am letzten Freitag im November 1999 berichtete. Die Zeilen verschwommen vor seinen Augen. Es war, als erlebte er all die Jahre der Demütigung aufs Neue. Nichts hatte er in den vergangenen zwölf Jahren erreicht. Seine Existenz war ruiniert, er war ein gebrochener Mann. Wahrscheinlich würden ihn die Richter wegen Wahnsinns verurteilen; er hatte nicht die geringste Ahnung, was dann aus seiner Klage wegen der Entschädigung werden würde. Deshalb war er doch eigentlich hier. Doch niemand hatte sich die Mühe gemacht, ihm irgendetwas zu erklären.

Dann ging alles ganz schnell. Mit einem lauten Geräusch schlug Feller den Pappdeckel des Aktenordners zu. Der volle Ordner flog knapp an Dr. Gutenberg vorbei, der seinen Kopf blitzschnell zur Seite zog, wobei seine Brille verrutschte. Feller sprang auf, der fettleibige Wachtmeister kam nicht so schnell hinter ihm her. Er nahm direkten Kurs auf Dr. Gutenberg. Er wollte ihm so richtig eine verpassen. Das war seine Antwort auf all das dämliche Zeug, das er heute in dieser Gerichtsverhandlung gehört hatte. Dann spielte sich alles ab wie in Zeitlupe. Plötzlich hatte er sein Schweizer Messer in der Hand. Er wusste nicht wieso. Darüber konnte er jetzt nicht nachdenken. Mit dem Messer holte er aus und bevor die extrem scharfe Okulierklinge in den Körper Dr. Gutenbergs eindringen konnte, verschränkte dieser geistesgegenwärtig beide Arme vor seiner Brust. Als Arzt wusste er, dass er seinen Oberkörper schützen musste. Die Armbewegung wirkte wie ein Hebel, das Messer flog in hohem Bogen durch den Saal und landete wenige Meter vor der Richterbank. Die Protokollkraft schrie laut auf und drückte den roten Alarmknopf unter der Richterbank, ohne dass Feller etwas bemerkt hätte. Eigentlich war dies nur den Richtern vorbehalten, doch wenn die in der wichtigsten Situation des Prozesses nicht im Gerichtssaal waren, dann müsste sie eben den Knopf selbst drücken, würde sie später als Zeugin zum Tathergang des Geschehens bei der Polizei aussagen. Feller sprang zum Messer, das er auf dem polierten Parkettboden nicht zu fassen bekam. Als beim zweiten Versuch das Messer zu greifen, die scharfe Okulierklinge seine Handfläche tief durchschnitt, entwich ihm intuitiv ein »Verdammt«. Mit dem aufgeklappten Messer in der blutverschmierten rechten Hand flüchtete er aus dem Gerichtssaal. Nur hatte er keine Ahnung wohin, zurück zur Eingangspforte konnte er nicht. Die Wachtmeister an der Sicherheitsschleuse würden ihn vermutlich sofort stoppen. Also war er in die andere Richtung des Flurs gerannt.

Präsidiales

1

Pünktlich um 11.00 Uhr hatte im Großen Sitzungssaal S 3 in der ersten Etage des Obergerichts die außerordentliche Personalversammlung begonnen. Der Saal hatte den Charme der 1950er Jahre behalten. Alle Anstrengungen der Justizverwaltung, den publikumsträchtigen Gerichtssaal an die zeitgemäßen Anforderungen einer modernen Justiz anzupassen, waren mit Rücksicht auf die Sparzwänge der öffentlichen Haushalte auf unabsehbare Zeit aufgeschoben. So bot der Saal das authentische Ensemble eines vermeintlichen Vintage-Interieurs. Die altmodische Anordnung der erhöhten hölzernen Richterbank, das abgenutzte Mobiliar für die Beteiligten und das Fehlen einer funktionsgerechten Saal- und Sicherheitstechnik hatten dazu ihren Beitrag geleistet. Die eng gestellten Reihen von Holzstühlen, die in der Mitte des Saals für Zuschauer aufgestellt waren, boten heute für alle Mitarbeiter des Gerichts keine ausreichenden Sitzgelegenheiten. Daher waren Stühle aus den 1970er Jahren mit braunen Plastiksitzflächen hinzu gestellt worden. Der Sitzungssaal war überfüllt, nahezu alle Mitarbeiter des Gerichts waren anwesend. Lediglich einige Richter fehlten, die entweder noch ihre Gerichtsverhandlungen abzuwickeln hatten oder die ohnehin nie an gemeinschaftlichen Veranstaltungen des Gerichts teilnahmen.

Eva saß in der ersten Reihe auf einem der unbequemen Holzstühle, unmittelbar vor dem Rednerpult. Der Präsident hatte sie gebeten, an der Versammlung teilzunehmen, nicht zuletzt weil sie das Protokoll mit den Ergebnissen der Veranstaltung niederschreiben musste. Daher machte sie sich Notizen, obwohl sie in der Rede des Präsidenten bislang nichts gehört hatte, was der Erwähnung in einer Niederschrift wert gewesen wäre. Seit einer halben Stunde redete der Präsident ohne Unterlass. Er wirkte fahrig und die Rede konzeptlos. Eva war nicht die Einzige im Saal, der es schwer fiel, den Worten des Präsidenten zu folgen. Die besinnlichen Worte, die üblicherweise einer Weihnachtsansprache eigen waren, fehlten bislang. Der Präsident hatte weder eine Tagesordnung ausgegeben, noch mit ihr im Vorfeld die Themen oder den Ablauf der Veranstaltung besprochen. Jetzt resümierte er über das Gericht im Allgemeinen, ohne dass selbst aufmerksamen Zuhörern klar wurde, worauf er eigentlich hinaus wollte. So kam es, dass man sich auf den hinteren Reihen im Saal anderweitig beschäftigte, sich untereinander austauschte und das laute Gemurmel inzwischen zu den vorderen Reihen vorgedrungen war.

Eva schaute währenddessen ihre e-mails auf ihrem smart phone durch. So wartete sie darauf, dass der Präsident das Thema wechselte. Sie war sich sicher, dass dies nur das Vorgeplänkel von irgendetwas war, das mit dem in Kürze bevorstehenden Ruhestand des Präsidenten in Zusammenhang stand. Doch letztendlich konnte der Gerichtspräsident nicht über seine eigene Nachfolge entscheiden. Er hatte zwar ein Vorschlagsrecht gegenüber dem Justizministerium. Die Entscheidung über den Nachfolger lag aber ausschließlich in den Händen der Politik. Deshalb ergab diese Zusammenkunft für sie keinen rechten Sinn. Wollte der Präsident den vertraulichen Personalvorschlag für seine eigene Nachfolge etwa öffentlich bekannt geben? Eva hatte die Akten über die Präsidentennachfolge seit Monaten nicht mehr auf ihrem Schreibtisch gehabt. Der Präsident hatte den Vorgang an sich genommen und seitdem war eine künstliche Ruhe in dieser Sache eingekehrt. Seit dem Sommer hatte er mit ihr über die Angelegenheit nicht mehr gesprochen. Deshalb hatte sie auch nicht die geringste Ahnung, wen er als Nachfolger ins Auge gefasst hatte. Wahrscheinlich Niemanden …- Moment mal, fiel es Eva plötzlich wie Schuppen von den Augen. War sie denn in den letzten Monaten völlig ignorant gewesen? Und zugegebenermaßen, in der letzten Zeit war es nicht gerade besonders gut für sie gelaufen. Auch die Präsidentennachfolge hatte sie nicht mit der Intensität behandelt, die wahrscheinlich nötig gewesen wäre. Doch wenn sie die Situation jetzt richtig einschätzte, wäre dieser Aufwand auch gänzlich überflüssig gewesen.

2

Der Wechsel in der Tonlage und die kurze rhetorische Pause des Präsidenten ließen Eva das smart phone zur Seite legen lassen. »Meine sehr geehrten Damen und

Herren«, hörte sie ihn mit vertrauter, leicht unsicherer Stimme reden; ein deutliches Zeichen dafür, dass er sich auf ein Terrain begab, das nicht zur seinem Alltagsgeschäft zählte, »wie Sie alle wissen, ist seit geraumer Zeit die Präsidentenstelle dieses Gerichts ausgeschrieben. Ich habe mir in den vergangenen Monaten viele Gedanken gemacht, wer mir als Präsident an die Spitze dieses Hauses nachfolgen könnte. Wie Sie alle wissen, werde ich noch in der ersten Hälfte des neuen Jahres das Pensionsalter von 65 Lebensjahren vollenden, so Gott will. Viele von Ihnen werden diesen Punkt als Wende im Leben sehen, wo es Zeit wird, vom Beruf und den Kollegen Abschied zu nehmen und sich anderen Dingen zuzuwenden. Auch darüber habe ich in den vergangenen Monaten lange nachgedacht. Ich bin zu einem Entschluss gekommen.«

Mit diesen wenigen Worten hatte es der Präsident geschafft, die volle Aufmerksamkeit sofort auf sich zu lenken. Im Saal S 3 hätte man eine Stecknadel fallen hören können. Mit einem hellblauen Stofftaschentuch wischte er sich über Stirn und Lippen, bevor er fortfuhr. »Meine Damen und Herren, nun, auch diese Entscheidung habe ich nicht leichten Herzens getroffen. Das Justizministerium unterstützt mich bei dem Vorhaben, das Gericht über das Pensionsalter hinaus noch weitere zwei Jahre zu leiten. Mit Zustimmung des Ministeriums habe ich daher mein Ruhestandsgesuch zurückgezogen. Die Stellenausschreibung wird in Kürze formell zurückgenommen und das Bewerbungsverfahren wird mit sofortiger

Wirkung eingestellt.« Im Saal wurde es unruhig. »Meine Damen und Herren, ich wünsche Ihnen und Ihren Familien ein frohes Weihnachtsfest.«

Endlich hatte der Präsident sein lang gehütetes Geheimnis gelüftet. Für manche der Anwesenden waren in dieser Sekunde Karrierepläne wie Seifenblasen zerplatzt, vielleicht sogar für immer zunichte gemacht; für andere ergaben sich mit diesem Streich ganz neue Perspektiven und für die meisten der Mitarbeiter bedeutete diese Nachricht nichts anderes als die Fortsetzung des gewohnten Gerichtsalltags.

Die Geräuschkulisse im Saal hatte schnell ihren Höhepunkt erreicht. Alle tauschten sich über die Neuigkeit aus, die mit Sicherheit die nächsten Wochen den Arbeitsalltag bestimmt hätte, wäre nicht noch ein weiteres Ereignis hinzugetreten, das alles andere in den Schatten stellen sollte. Zunächst war keinem der anwesenden Gerichtsangehörigen klar, ob die außerordentliche Personalversammlung mit den Worten des Präsidenten beendet war. Es ging mittlerweile auf 12.00 Uhr zu. Die Antwort ließ nicht lange auf sich warten. Kaum hatte der Präsident die Weihnachtswünsche ausgesprochen, ertönte im Saal S 3 eine ohrenbetäubende Sirene – und wie sich später herausstellen sollte, nicht nur hier, sondern im gesamten Gerichtsgebäude tönte die Sirene ebenso unerbittlich laut. Für einige der Anwesenden im Saal S 3 schien sofort klar zu sein, dass es sich um eine seit langem überfällige, unangekündigte Brandschutzübung handeln musste. Denn die letzten planmäßigen Brandübungen im Gerichtsgebäude waren in vielen Punkten vom Arbeitsschutz aus Sicherheitsgründen bemängelt worden. Deshalb hatte sich bei allen Mitarbeitern eine gewisse Routine in der Übung eines Notfalls eingestellt. Man stand daher von seinen Plätzen ruhigen Schrittes auf und bewegte sich in geordneten Reihen in Richtung Ausgang des Sitzungssaals, während man die Gespräche und andere Beschäftigungen in aller Ruhe fortsetzte. Nichts schien anders zu sein als bei der letzten Brandübung vor zwei Wochen, dachten sich diejenigen, die den Saal durch die große Tür zuerst verließen.

Der Wachtmeister jedoch, der für den Saaldienst während der Versammlung verantwortlich war und jetzt dafür sorgte, dass das Rednerpult wieder auf die Standardeinstellungen einer nur mittelgroßen Person zurückgestellt wurde, wusste in jenem Moment, als er die Meldung über Funkgerät erhielt, dass dem nicht so war. Verdutzt schaute er sich zum Präsidenten um, der sich zusammen mit Eva in die lange Schlange derjenigen eingereiht hatte, die organisierten Schrittes den Saal als Letzte verlassen wollten. »Herr Präsident«, raunte ihm der Wachtmeister mit fragendem Blick verstört zu »Alarm auch in S 1 und S 2.«

Im freien Fall

1

Im Sitzungssaal S 2 gab es für Feller keine andere Möglichkeit, als durch dieselbe Tür wieder zu verschwinden, durch die er soeben in Mathildes Gerichtsverhandlung geplatzt war. Er hatte versucht, einen Ausgang zu finden um das Gerichtsgebäude so schnell wie möglich zu verlassen. Doch in seiner Panik hatte er den Notausgang im Erdgeschoss verfehlt. Orientierungslos stand er jetzt wieder vor schwarzen Robenträgern. Eine Richterbank war eine Richterbank, auch wenn eine Frau in der Mitte saß, dachte er sich. Hier war jedenfalls kein Entkommen. Ein junger Anwalt in schwarzer Robe und mit beeindruckender Körpergröße hatte ihm sehr deutlich gemacht, den Saal sofort wieder zu verlassen. Feller wollte nicht noch eine weitere Auseinandersetzung riskieren. Er spürte den Pulsschlag in seiner verletzten Hand, die schmerzte und immer noch blutete. Er war sichtbar angeschlagen. Das Ganze war so völlig außer Kontrolle geraten. Er wollte nichts anderes als so schnell wie möglich aus dem Gebäude heraus. Das Erdgeschoss aber, so schien es, bot ihm kein Entrinnen. Die Eingangspforte war von Uniformträgern mit der fetten Aufschrift »Justiz« besetzt.

Auf dem Flur im Erdgeschoss warteten währenddessen Menschen geduldig auf ihre Gerichtsverhandlung. Sie waren Feller sofort ausgewichen, als er ihnen mit dem

ausgeklappten Messer und dem blutdurchtränkten Stofffetzen, den er um seine verletzte Hand gewickelt hatte,
entgegen kam. Die meisten von ihnen liefen eiligen
Schrittes zur Eingangspforte. Einige Frauen schrien um
Hilfe. Dazu kam der ohrenbetäubende Lärm der Sirene,
der durch ganze Gebäude tönte.

Feller stand jetzt vor dem steinernen Treppenaufgang,
der in die Obergeschosse des Gerichts führte. Er hielt
sich kurze Zeit die Ohren zu, doch der Lärm wollte nicht
aufhören. Die Zeit wurde knapp. Er musste weiter. In
seiner Not lief er den breiten Treppenaufgang hinauf in
das erste Obergeschoss. Da kam sie ihm plötzlich von
oben entgegen; eine Horde von Menschen aus dem Großen Sitzungssaal S 3, die jeden Zentimeter der breiten
Treppe beanspruchte und direkt auf ihn zusteuerte. Feller befürchtete überrannt zu werden, wenn er sich nicht
augenblicklich Platz verschaffte. Anders sah er keine
Chance, das Obergeschoss überhaupt noch zu erreichen.
»Weg da«, schrie er und hielt jedem, der ihm den Weg
versperrte, die scharfe Klinge seines Schweizer Messers
vor das Gesicht. Geht doch, dachte sich Feller, während
sich einige verängstigt an die Wand des Treppenhauses
drückten, andere die Treppenstufen mit einem großen
Satz nach unten sprangen.

Als Feller im ersten Obergeschoss endlich angekommen
war, strömten immer noch Menschen aus dem Großen Sitzungssaal S 3. Intuitiv passierte er den Saal und
folgte dem Treppenaufgang, der ihn in das menschen-

leere zweite Obergeschoss führen würde. Währenddessen hielten sich der Präsident und Eva nach wie vor im Großen Sitzungssaal S 3 auf. Der Präsident hatte dem Wachtmeister sofort angewiesen, die Authentizität der Alarmmeldung zu überprüfen, hatte ihm dann aber ungeduldig das Handy aus der Hand genommen und telefonierte jetzt selbst mit den Sicherheitskräften in der Zentrale an der Eingangspforte. Von dort hatte der Präsident die Nachricht erhalten, dass ein Amokläufer im Gericht unterwegs sei und sich niemand – auch nicht er – von der Stelle bewegen und am besten einschließen sollte, solange die Situation nicht geklärt sei. Die Polizei war schon unmittelbar nach der ersten Alarmmeldung, die aus dem Gerichtssaal S 1 gekommen war, alarmiert worden. Als sich verstörte und aufgebrachte Menschen an der Eingangspforte einfanden, die von einem Amokläufer im Gericht berichteten und kurze Zeit später auch aus dem Gerichtssaal S 2 Alarm gemeldet wurde, war sofort Großalarm ausgelöst worden. Das Sondereinsatzkommando der Polizei für Terroreinsätze hatte jetzt die Federführung übernommen.

Als Feller das zweite Obergeschoss erreicht hatte, verstummte die Sirene. Es war plötzlich ganz still um ihn herum geworden. Er schaute sich um und blickte einen langen Flur hinunter, erst zur linken, dann zur rechten Seite. Niemand war da. Alle Türen waren verschlossen. Er hatte nicht die geringste Ahnung, welche Richtung er einschlagen sollte. Die Beschilderung zeigte ihm den Notausgang im Erdgeschoss an, doch von dort war er gerade gekommen und dorthin gab es für ihn kein Zurück mehr. Also hatte er nur die Chance, noch weiter nach oben zu laufen, zur Außentreppe über das Dachgeschoss. So verharrte er einen Augenblick, band den Stofffetzten der sich gelöst hatte, fester um die Hand und wollte gerade den Treppenaufgang in das dritte Obergeschoss nehmen, als er doch noch einen kurzen Moment inne hielt. Er meinte ein leises Geräusch zu hören; ein leises Summen, ähnlich wie die Bienen, denen er im Sommer in seinem Garten gern zuschaute. Das Summen wurde lauter. Aufmerksam wandte er sich dem Geräusch zu und sah, wie sich die Metalltür des gegenüber liegenden Fahrstuhls langsam öffnete.

Plötzlich erlebte er alles wie in Zeitlupe. Aus dem Fahrstuhl bewegten sich vier Wesen auf ihn zu. Sie ähnelten Riesenameisen, hatten Wespentaillen, die Extremitäten schienen gepanzert zu sein. Sie trugen Mikrofone, die wie Antennen aussahen. Die Riesenameisen hatten Maschinenpistolen im Anschlag. Feller suchte nach ihren Komplexaugen, die er oft bei den Ameisen in seiner Gartenlaube beobachtet hatte. »Das Messer weg, sofort, das Messer fallen lassen.« Die Riesenameisen hatten kein Gesicht, nur schwarze Masken mit Schlitzen und Mikrofonen, in die sie unentwegt brüllten: »Das Messer weg, sofort, das Messer fallen lassen.«

So standen sie sich einen Augenblick direkt gegenüber: Vier maskierte, schwerbewaffnete Polizisten des Sondereinsatzkommandos und Feller, der immer noch das

Messer in der Hand hielt. Die Polizisten brüllten ihn fortwährend an, zielten auf ihn und alles könnte in einer Sekunde vorbei sein, wenn die Stahlgeschosse seinen Körper durchsiebten. Was haben die eigentlich gegen mein Messer, fragte er sich? Außer dass er sich heftig geschnitten hatte, war doch niemand zu Schaden gekommen. Sein Schweizer Messer, das er seit mehr als zwanzig Jahren besaß, würden sie nicht bekommen, um nichts in der Welt. Es war eines der ganz wenigen Dinge im Leben, an denen er wirklich hing. Feller brauchte Zeit. Er musste überlegen. Die Situation schien aussichtslos zu sein. Genauso langsam wie er sich zurück bewegte, bewegten sich die Riesenameisen mit den Maschinenpistolen auf ihn gerichtet zu. Dann spürte er das Treppengeländer im Rücken und jetzt hatte er eine geniale Idee. Er würde sich auf den polierten, hölzernen Handlauf setzen und darauf nach unten durch das Treppenhaus gleiten, an den staunenden Gesichtern der Menschen vorbei. Niemand könnte ihn aufhalten. Er würde frei sein und wie ein stolzer Vogel aus dem Gericht fliegen. Dieser Gedanke war so einfach und doch so wunderbar, dass er Feller völlig überwältigte, der sich wie in Trance rückwärts auf den Handlauf setzte. So bemerkte er zunächst nicht, dass immer mehr Riesenameisen den Treppenaufgang zu ihm heraufgekrochen kamen. Es war eine wahre Plage; Riesenameisen mit Maschinenpistolen im Anschlag überall um ihn herum. Er würde sich beschweren, er würde Faxe senden, dieses Mal am besten gleich direkt zum Bundespräsidenten. Mit seinen Faxen würde er sie überschwemmen: Faxe, Faxe, nichts als Faxe! Sie würden schon sehen, was sie davon haben …

Plötzlich gab es einen lauten Knall, der durch das Treppenhaus hallte. Das Echo verstärkte den Schuss noch um ein Vielfaches. Ein Polizist hatte einen Warnschuss zur Decke abgegeben. Feller hatte sich erschreckt. Damit hatte er in diesem Moment nicht gerechnet. Der Schuss hatte ihn aus seinem Tagestraum gerissen. Ein Zucken ging durch seinen Körper und er verlor das Gleichgewicht. Mit der verletzten Hand hatte er keine Chance, sich am Treppengeländer festzuhalten. Die Riesenameisen hatten ihre Extremitäten nach ihm ausgestreckt, doch alles ging viel zu schnell. Niemand konnte ihn halten. Er kippte nach hinten und segelte kopfüber im freien Fall in die Tiefe des Treppenhauses. Als sein Körper auf dem blanken Steinfußboden in der Eingangshalle des Gerichts dumpf aufschlug, schrien die umstehenden Menschen laut auf. Feller blieb regungslos liegen.

2

Gegen 17.00 Uhr wurde es zum ersten Mal etwas ruhiger im Gericht. Eva hatte der Polizei alle Fragen beantwortet und Hilfestellung gegeben, wo immer sie nur konnte. Polizei und Staatsanwalt waren noch anwesend und führten für heute letzte Zeugenvernehmungen durch. Mit Sicherheit würden die Ermittlungen auch noch über die Weihnachtsfeiertage hinaus andauern und sich im Neuen Jahr fortsetzen. Die Landesregierung müsste umfassend informiert werden und das Parlament würde lückenlose Aufklärung einfordern. Mit Sicherheit würde ein Untersuchungsausschuss eingerichtet werden. Ein erster schriftlicher Bericht an das Justizministerium müsste spätestens morgen früh dort vorliegen. Eva griff zum Diktiergerät.

Doch sie dachte an Feller. Als sie die Polizei zusammen mit dem Präsidenten endlich aus dem Großen Gerichtssaal S 3 befreit hatte, hatten die Notärzte Feller in der Eingangshalle schon versorgt. Er war mit einem Schädelbruch, schwersten Knochenbrüchen und inneren Verletzungen in das nahe Stadtkrankenhaus eingeliefert worden. Sein Zustand war lebensbedrohlich. Bislang war immer noch unklar, was wirklich passiert war. Die Nachricht vom Amokläufer hatte sich als falsch herausgestellt. Schließlich war außer Feller niemand verletzt worden. Offensichtlich hatte er auch keine Geisel genommen. Allerdings mussten viele Gerichtsbesucher und einige Mitarbeiter psychologisch betreut oder wegen Schockzuständen behandelt werden.

Naheliegend war es daher, den Senatsvorsitzenden Dr. Walther zu befragen, was in Fellers Gerichtsverhandlung passiert war. Doch der Senat konnte hierzu gar nichts beitragen. Die Richter hatten überhaupt keinen Vorfall bemerkt, weil sie sich zu diesem Zeitpunkt im schallgedämmten Beratungszimmer aufgehalten hatten. Als der Senat wieder den Gerichtssaal betrat, um die mündliche Verhandlung fortzusetzen, hatten sich die Richter gewundert, dass nicht nur Feller sondern auch der Sachverständige verschwunden war. Dr. Gutenberg konnte noch nicht befragt werden; wegen Unwohlseins hatte er das Gericht verlassen noch bevor die Polizei eingetroffen war. Ungeachtet dessen hatte sich der Senat dafür entschieden, noch kein abschließendes Urteil zu sprechen, sondern den Rechtsstreit zu vertagen, um noch ein neues psychiatrisches Gutachten eines anderen Sachverständigen über Fellers Geisteszustand einzuholen. So blieb nichts anderes, als die Protokollkraft zu befragen, die den ersten Alarm ausgelöst hatte. Die aber konnte auch nichts Genaues zum Hergang des Geschehens berichten, nur dass ihr die gesamte Situation zu brenzlig geworden sei, als Feller auf den Sachverständigen losgegangen und plötzlich ein Aktenordner und ein Messer durch den Gerichtsaal geflogen seien. So habe sie Feller jedenfalls noch in keinem seiner vielen Prozesse erlebt.

Aus welchem Grund er anschließend vom Treppengeländer gestürzt war, war ebenso unerklärlich. Hierzu lagen unterschiedliche Beobachtungen vor. Um all diese Fragen zu beantworten, müsste Feller von der Polizei erst noch vernommen werden. Doch im Moment war das unmöglich – und sofern Feller den Sturz überhaupt überleben sollte, würde es noch Tage, vielleicht sogar Wochen dauern, bis er vielleicht wieder in einem vernehmungsfähigen Zustand war.

Dann dachte Eva an Benno, um den sie sich nicht mehr wirklich sorgen musste, seitdem sie wusste, dass außer Feller wohl niemand ernsthaft verletzt worden war. Sie hatte erfahren, dass Feller auf seiner Odyssee durch das

Gericht im Gerichtssaal S2 aufgetaucht war, wo Benno zur selben Zeit Mathilde in ihrem Rechtsstreit beigestanden hatte. Ob der Senat ein Urteil in Mathildes Sache noch hatte sprechen können, bevor die Polizei das Gericht wegen des vermeintlichen Amokläufers erst durchkämmt und später evakuiert hatte, wusste sie nicht. Sie hätte Benno am liebsten angerufen und gefragt, ob er für Mathilde etwas erreicht hatte. Doch die Aufklärung der Ereignisse im Gericht hatte Vorrang. Eva wusste nicht, wo ihr der Kopf stand. Die Telefone klingelten pausenlos und der Justizminister wollte heute noch zusammen mit dem Präsidenten eine Pressekonferenz im Ministerium abhalten, die sie vorbereiten musste. Heute Abend würde es spät werden im Gericht. Sie würde Benno gleich morgen früh anrufen, doch vielleicht würde er sich bei ihr noch heute Abend melden.

Gerechtigkeit

1

Eva hatte es noch nicht einmal geschafft, die Postein-
gänge des heutigen Tages anzuschauen. Sie setzte sich
an ihren Schreibtisch und musste Kräfte sammeln für
die nächsten Stunden. Immer noch in Gedanken an
die überwältigenden Ereignisse des Tages öffnete sie die
lederne Postmappe. Sie wollte die Eingänge zumindest
kursorisch durchsehen und sie zur weiteren Bearbeitung
weitergeben. Heute war kein einziges Fax von Feller dabei, an den sie in diesem Moment wieder denken musste.

Anders als in den vergangenen Tagen, als die Mappe mit
unzähligen Beschwerden von Bürgern überquoll, waren
heute kaum noch solche Schreiben eingegangen. Es war
zwei Tage vor Weihnachten und jeder wusste, dass Eingaben ohnehin nicht mehr vor dem Fest beantwortet
würden. Eva sortierte die Post durch und hielt inne bei
einem Schriftstück, das geheftet, gleich in doppelter
Ausfertigung in der Mappe lag. Sie schaute sich den
Briefkopf an, der ihr fremd erschien. Der Briefkopf trug
das Zeichen der Europäischen Union. Sie betrachtete
das Schriftstück näher. Es war ein Urteil des Europäischen Gerichtshofs für Menschenrechte aus Straßburg,
das bereits im Oktober gesprochen worden war. Ganz
oben auf dem Papier war die blaue Europaflagge mit
ihrem Kranz von zwölf goldenen fünfzackigen Sternen

auf azurblauem Hintergrund gedruckt. Sie wusste noch aus ihrem Studium, dass die Zahl der Sterne ein Symbol der Vollkommenheit, Vollständigkeit und Einheit war und selbst bei Hinzutreten neuer Mitgliedstaaten unverändert geblieben war. Ein solches Urteil hatte sie noch nie gesehen, geschweige denn in den Händen gehalten. Deshalb weckte das Schriftstück ihr Interesse. Sie fing an, es zu lesen.

»1. Die Bundesrepublik Deutschland wird verurteilt, dem Beschwerdeführer 20.000 Euro Entschädigung wegen überlanger Verfahrensdauer und 4.672,89 Euro für Kosten und Auslagen zu zahlen.

2. Eine Verfahrensdauer von mehr als 11 ½ Jahren für zwei gerichtliche Instanzen ist auch dann unangemessen, wenn der Beschwerdeführer durch sein Verhalten erheblich zu ihrer Verlängerung beigetragen hat.

Beurteilung durch den Europäischen Gerichtshof für Menschenrechte:

…Die Justiz muss in Deutschland so organisiert werden, dass die Gerichte das Erfordernis der Entscheidung innerhalb angemessener Frist nach Art 6 Abs. 1 der Europäischen Menschenrechtskonvention erfüllen. Eine Verfahrensdauer von mehr als 11 ½ Jahren verletzt den Anspruch auf ein zügiges und faires Verfahren auch dann, wenn der Beschwerdefüh-

rer die mit seiner Sache befassten Richter abgelehnt hat, Dienstaufsichtsbeschwerden gegen sie gestellt hat, immer wieder neue Sachverständigengutachten zur Aufklärung über seinen Gesundheitszustand beantragt hat, mehrere Sachverständige abgelehnt und ihnen Disziplinarmaßnahmen angedroht hat, sich außerdem telefonisch und schriftlich über Jahre immer wieder persönlich an das Gericht gewandt hat und sich auch bei anderen Stellen beschwert hat, schließlich kein Prozessbevollmächtigter bereit war, den Beschwerdeführer vor Gericht zu vertreten und er alle Rechtsbehelfe nach deutschem Recht (Beschwerden, Anhörungsrügen usw.) extensiv ausgeschöpft hat, die ihm zur Verfügung standen.

Selbst dann, kann der Beschwerdeführer nicht für die sich daraus ergebenden Verzögerungen verantwortlich gemacht werden, auch wenn er zu der erheblichen Verfahrensdauer beigetragen hat. Denn die Komplexität des Geschehens im November 1999 war einfach und wäre für ein Gericht in einem angemessenen Zeitrahmen abschließend und endgültig zu entscheiden gewesen. Dies gilt auch für alle weiteren Fragen, die der Beschwerdeführer im Zusammenhang mit dem Ereignis aus dem Jahre 1999 geklärt haben will. Für den Beschwerdeführer ist das Ereignis als eine für ihn bedeutsame Angelegenheit anzusehen …«

Eva legte das Urteil zur Seite. Sie musste nicht weiter lesen. Es war alles gesagt. Sie löste die Heftung der beiden

Abschriften, nahm ein Exemplar an sich und steckte es in ihre braune Ledertasche. Sie klappte die Posteingangsmappe zu und ließ sie auf ihrem Schreibtisch liegen. Dann nahm sie ihren warmen Wintermantel aus dem Schrank, zog ihn schnell über und verließ eilig ihr Büro. Als sie ihr Zimmer abschloss, hörte sie das Vorzimmer »Frau Brandes, die Presse ist am Apparat, können Sie bitte übernehmen.« Ohne dass Eva sich ihr zuwandte, sagte sie nur »Später«, ging zum Fahrstuhl und verließ das Gerichtsgebäude.

In das Navigationsgerät ihres Mini gab sie »Stadtkrankenhaus« ein und hatte nach etwa zehn Minuten die Notaufnahme erreicht. Dort zeigte sie ihren Dienstausweis vor und sagte, sie sei Richterin und wolle zu dem vor wenigen Stunden eingelieferten Horst Feller. Der diensthabende Mitarbeiter zeigte ihr bereitwillig den Weg zur Intensivstation, wo sie wenige Minuten später vor einer verschlossenen Tür stand. Sie drückte den Knopf der Klingel, woraufhin eine junge, im grünen Operationsanzug gekleidete Krankenschwester erschien. Eva wiederholte den Trick mit dem Dienstausweis und schon öffnete sich die schwere Glastür. Auch die Krankenschwester fragte nicht nach dem Grund ihres Kommens. Sie vermutete wohl, dass Eva in ihrer Funktion als Haftrichter gekommen war, die sich in Eilfällen einen persönlichen Eindruck vom Gesundheitszustand des Patienten auf der Intensivstation verschafften.

Als Eva auf Nachfrage den Namen Horst Feller nannte, wandte die Krankenschwester ein, dass der Patient nach der Operation in ein künstliches Koma versetzt worden sei angesichts der Schwere der erlittenen Frakturen und inneren Verletzungen. »Man muss schauen, ob sich sein Zustand in den nächsten Stunden stabilisiert. Er braucht absolute Ruhe. Ich kann Sie höchstens einen kurzen Moment zu ihm lassen, damit sie sich selbst einen Eindruck verschaffen können. Aber ansprechbar ist er nicht.« »Ja danke, dass wird reichen« antwortete Eva.

Die Krankenschwester führte sie in einen großen Raum ohne Tageslicht, in dessen Mitte ein einziges Bett stand. Vom Bett aus führten unzählige Kabel zu Maschinen und Computern, die fortwährend blinkten, aufleuchten oder akustische Signale von sich gaben, sichere Zeichen dafür, dass Feller noch am Leben war.

Dann stand sie unmittelbar vor seinem Krankenbett. Sein Körper war kaum zu erkennen. Er war von weißen Verbänden und Laken umhüllt. Sein Körper wirkte klein und schmal in dem breiten Bett. Der Kopfverband und das Atemgerät verdeckten fast das ganze Gesicht und nur die geschlossenen Augen waren zu erkennen. Dies war das erste Mal, dass Eva Feller persönlich gegenüber trat – nach all den vergangenen Jahren. Nichts war geblieben von der Aggressivität und der Wortstärke, die sie immer wieder am Telefon erlebt hatte. Deshalb hatte sie gedacht, er sei ein großer, kräftiger Mann; doch genau das Gegenteil war der Fall.

Ein kleiner Mann lag vor ihr in einem hilflosen und erbärmlichen Zustand.

Eva griff in ihre Ledertasche und zog die Abschrift des Urteils des Europäischen Gerichtshofs für Menschrechte heraus. Das Papier faltete sie auf Din-A5 Größe und legte es in die Mitte des weißen Lakens, unter dem sie Fellers Körper spürte, hielt einen Moment inne und sagte dann ganz leise, fast wie zu sich selbst »Ok Feller, den Justizmarathon hast du am Ende gewonnen – was für ein Preis!«.

So hinterließ sie das Urteil, das Feller gegen die Bundesrepublik Deutschland erstritten hatte. Sie nickte der Krankenschwester zu, die ihr die Tür öffnete und ging ohne sich noch einmal nach Feller umzuschauen, direkt zu ihrem Auto. Als sie in ihrem Mini saß, überlegte sie kurz. Sie entschloss sich, nicht sofort wieder ins Gericht zu fahren, obwohl sie dort sicherlich schon erwartet wurde, gab in das Navigationsgerät »Waldallee 10« ein und fuhr los. Es war fast 19.00 Uhr. Mit etwas Glück, so hoffte sie, würde sie Benno noch in der Kanzlei antreffen.

2

Als Eva in die Waldallee einbog, waren viele der großzügig angelegten Parkbuchten schon leer. Sie konnte ihren Mini daher direkt vor der Gründerzeitvilla mit der Hausnummer 10 abstellen. Als sie Benno das letzte Mal im Sommer in seiner Kanzlei aufgesucht hatte, standen die weißen Hortensienbüsche in voller Blüte. Heute lag der parkähnliche Garten unter einer Schneedecke. Eine riesige, mit bläulichem Licht illuminierte Tanne erinnerte an das in Kürze bevorstehende Weihnachtsfest. Wie damals öffnete sich die schwere Eingangstür automatisch, als sie die messingfarbene Klingel berührte. Das Foyer war noch besetzt. Eva fragte nach Benno und nach einem kurzen Anruf deutete ihr die freundliche Dame, dass sie nicht in der Bibliothek warten müsse, sondern gleich zu Bennos Büro gehen könne. Von den kostbaren Ölbildern an den Wänden nahm Eva keine Notiz, als sie den langen Flur mit dem Fischgrät-Parkett zu seinem Büro entlang ging. Benno erwartete sie schon. Er hatte seine Bürotür geöffnet, war in den Flur getreten und schien überrascht zu sein. »Eva, ich hatte schon im Gericht versucht, dich zu erreichen. Schön, dass du gekommen bist.« Er bat sie, an seinem Besprechungstisch Platz zu nehmen und setzte sich neben sie.

»Was war denn heute im Gericht los?« fragte Benno und ohne eine Antwort abzuwarten fuhr er fort, »wir wurden in der Gerichtsverhandlung erst von einem Irren überrascht und dann von der Polizei aufgefordert, das Gerichtsgebäude so schnell wie möglich zu verlassen. Die Verhandlung konnte nicht fortgesetzt werden. Ich habe Mathilde dann erst in ihr Hotel und später zum Flughafen gebracht. Es ist alles in Ordnung. Ihr ist nichts passiert. Es geht ihr gut. Die Vorsitzende Frau Koenig hat mich dann später hier angerufen ...« »Wieso

Mathilde?«, unterbrach ihn Eva abrupt. Benno räusperte sich, suchte nach Worten und fuhr dann fort »Mathilde ist eigens für ihren Prozess aus England angereist.« Es schien ihm sichtlich unangenehm zu sein, sich Eva auf diese Weise offenbaren zu müssen. »Ich hatte das mit ihr so abgesprochen, weil mir ihre Anwesenheit in der Verhandlung wichtig erschien. Es ging doch um ihre Glaubwürdigkeit. Ich wollte dich damit nicht belasten und hatte mit Mathilde vereinbart, dass sie dir nichts von ihrer Reise erzählt. Dies schien mir die beste Strategie zu sein.« »So?« schaute ihn Eva irritiert an, »und ist deine Strategie aufgegangen, konntest du für Mathilde etwas erreichen?« »Ja, stell dir vor, es war ein echter Glücksfall, dass der Irre in unsere Verhandlung hineingeplatzt ist und die Verhandlung unterbrochen wurde« sagte Benno erleichtert, »so blieb Zeit, über das eine oder andere Detail des Prozesses nachzudenken. Die Sache war nicht ganz klar«, lavierte er und verschwieg Eva den unangenehmen Moment, in dem er den roten Faden in der Gerichtsverhandlung völlig verloren und sich selbst für die Übernahme des Mandats verflucht hatte. »Heute Nachmittag hat mich die Vorsitzende, Frau Koenig hier in der Kanzlei angerufen und sich für die Unterbrechung und das Chaos im Gericht entschuldigt. Sie hat einen gerichtlichen Vergleichsvorschlag angeboten, den sie mir gefaxt hat. Schau her«, während Benno zwei bedruckte Seiten wie eine Trophäe hochhielt und für einen Moment glücklich zu sein schien. »Ich denke, die Kuh ist erst mal vom Eis. Stell dir vor, der Rückforderungsbescheid ist einfach falsch.« »Und was genau heißt das?«, unterbrach ihn Eva erneut, die Bennos Glücksgefühl nicht nachvollziehen konnte. »Das heißt genau«, fuhr Benno fort, »dass auch die eingeleitete Zwangsvollstreckung in Mathildes Vermögen sofort gestoppt wird; ist das nicht großartig? Auch das ist Teil des Vergleichsvorschlags. Die Behörde hat mehr als nur einen Fehler gemacht. Sie hätte Mathilde an sich eine Witwenrente nach dem Tode ihres Mannes und eine eigene Altersrente allein wegen der Erziehung der vier Jungen zahlen müssen. Das ist alles nicht passiert, weil Mathilde nie einen Antrag bei der deutschen Behörde gestellt hat, aber auch deshalb nicht, weil die Behörde bis zu dem Zeitpunkt als die Überzahlung aufflog, gar nicht wusste, dass Matthew verheiratet gewesen ist. Seine Heirat hat er wohl nie der Behörde angezeigt und deshalb ging man dort davon aus, dass er bei seinem Tod unverheiratet war«, gab Benno so gut er konnte den Inhalt des Telefonats mit der Senatsvorsitzenden wieder. Seit diesem Gespräch hatte er zum ersten Mal die ganze Dimension des Rechtsstreits verstanden. »Und was bedeutet das jetzt für Mathilde?« warf Eva ungeduldig ein. »Nun, nach dem Vergleichsvorschlag muss die Behörde zunächst Mathildes eigene Rentenansprüche prüfen und berechnen. Ich gehe davon aus, dass ihr die Behörde ab sofort eine eigene Altersrente zahlen wird. Die Behörde wird die Rückforderungssumme gegenrechnen und man wird sehen, was dann noch von der Rückforderung übrig bleiben wird.« »So einfach ist das?«, wobei Eva skeptisch die Stirn runzelte, denn von Bennos Pragmatismus war sie noch nie wirklich überzeugt. »Naja, das Risiko besteht, dass die Behörde Mathilde auf Antrags- oder Ausschlussfristen für ihre eigenen Rentenansprüche verweisen wird. Doch das sollte im Moment nicht unsere Sorge sein. Die Senatsvorsitzende hat uns vier Wochen Zeit zur Stellungnahme zum Vergleichsvorschlag gegeben. Wir warten jetzt ab, welche Summe die Behörde von Mathilde nach der neuen Berechnung zurückverlangt. Auf jeden Fall wird dies eine ganz andere Größenordnung sein als die bisherige gigantische Summe. Mit Sicherheit wird es für Mathilde nicht mehr existenziell bedrohlich werden.«

»Bist du dir da so sicher?«, hakte Eva nach, »was ist, wenn die Behörde sich nicht auf den Vergleichsvorschlag einlässt und sich tatsächlich auf Ausschlussfristen beruft?«

»Nun sei doch nicht so skeptisch«, entgegnete Benno, » dafür besteht derzeit kein Grund. Der Behördenvertreter hat in der Gerichtsverhandlung selbst eingeräumt, dass seine Behörde viel zu spät erfahren hat, dass Matthew verheiratet war, dass es eine Witwe gibt, die aus seiner Versicherung von Anfang an hätte versorgt werden müssen, unabhängig von ihrer eigenen Altersrente. Die Sache ist für Mathilde wirklich gut gelaufen. Schlimmstenfalls hätte es heute zu einer Verurteilung Mathildes kommen können. Davon sind wir aber weit entfernt. Ich denke, der gerichtliche Vergleichsvorschlag ist ein echtes Weihnachtsgeschenk und darüber können wir uns freuen; freust du dich denn gar nicht?« Benno schaute Eva an, doch sie reagierte nicht auf seine Euphorie, sondern saß einfach nur still und kraftlos da. »Hey, was ist denn los mit dir«? »Der Irre, wie Du sagst, ist heute im Gericht vom Treppengeländer in die Tiefe gestürzt und liegt jetzt mehr tot als lebendig im Krankenhaus. Da komme ich gerade her«. »Eva, was sagst du da? Wieso warst du im Krankenhaus? Im Gericht hieß es heute Mittag, dass ein Amokläufer unterwegs sei und wir deshalb alle so schnell wie möglich das Gericht verlassen mussten. Du fährst zu dem Typen ins Krankenhaus?«

Und jetzt brach es aus Eva heraus. All die Anspannung und Wut, die sich im Laufe des Tages aufgebaut hatte, schleuderte sie Benno entgegen. »Ja, ob du es glaubst oder nicht, ich habe Mitleid mit ihm, auch wenn er ein Irrer ist. Heute ist ein Mensch in unserem Gericht zu Schaden gekommen. Ein Riesenaufgebot des Sondereinsatzkommandos der Polizei war heute im Gericht, ausgestattet wie beim schlimmsten Terroreinsatz, aber niemand konnte verhindern, dass Feller von einem Treppengeländer fällt? Verstehst du das?« Eva nahm ein Taschentuch zur Hand und trocknete ihre Augen. Ein Moment verging, während dessen Benno still und fast hilflos neben ihr saß. Er hätte sie am liebsten in den Arm genommen.

Dann fuhr Eva aufgewühlt fort. »Das ist aber noch längst nicht alles. Feller ist mit Sicherheit der anstrengendste Dauerkläger in unserer Gerichtsbarkeit, der seit mehr als einem Jahrzehnt wegen nichts anderem als einer fixen Idee Behörden verklagt und mich mit seinen dreisten und beleidigenden Anrufen im Gericht von der Arbeit abhält. Nur weil seine unzähligen Klagen, Beschwerden, Berufungen und –zig andere Verfahren von uns noch nicht abschließend entschieden werden konnten, hat der Europäische Gerichtshof für Menschenrechte die Bundesrepublik verurteilt, ihm eine grandiose Entschädigung wegen überlanger Verfahrensdauer zu zahlen. Das Urteil sagt, dass die Richter meines Gerichts – also auch ich – das Menschenrecht auf ein faires Verfahren verletzt haben. Kannst du dir vorstellen, was das bedeutet? Eine Abschrift des Urteils ist heute im Gericht eingegangen und ausgerechnet an diesem Tag fällt Feller im Gericht vom Treppengeländer und verletzt sich lebensgefährlich. Kannst du dir annähernd vorstellen, was die Presse daraus machen wird? Deutsche Richter verletzten Menschenrechte – Kläger kommt im Gericht zu Schaden – die perfekte Schlagzeile …«

Mit den Worten »Eva, bitte …«, legte Benno ganz kurz, fast unbemerkt, seine Hand auf Evas Arm, stand plötzlich auf, holte eine angebrochene Flasche Chivas Regal mit zwei Wassergläsern aus dem Schrank, die er beide halb füllte und eines davon Eva anbot. »Meinst du etwa, mir steht jetzt der Sinn nach Whisky?«, fuhr sie ihn scharf an. Sie ließ das Glas unberührt stehen: »Kannst du mir sagen, ob das noch irgendetwas mit Gerechtigkeit zu tun hat, Benno? Die Gerichte der Europäischen Union denken sich immer neue Rechte aus und wissen gar nicht, welchen Kollateralschaden sie damit auf nationaler Ebene bewirken …«

»Eva bitte, … hör mir jetzt bitte nur einen Moment zu«, unternahm Benno einen erneuten Versuch, Eva zu beruhigen. »Ich kenne zwar nicht die Geschichte dieses Feller, aber …«. »Ich könnte sie dir gern in allen Einzelheiten erzählen«, fiel ihm Eva ins Wort, »sie ist schnell erzählt, einfach nur noch grotesk, was sich in den letzten Jahren nicht nur an meinem Gericht mit ihm abgespielt hat. Zuletzt bestanden Zweifel an seiner Prozessfähigkeit, und darum ging es wohl heute in dem Prozess. Er hat den medizinischen Sachverständigen, der ihm die Diagnose von »Querulantenwahnsinn« gestellt hat, heute in der Gerichtsverhandlung mit einem Messer angegriffen.« »Konnte sein Anwalt das nicht verhindern?«, warf Benno ein. »Welcher Anwalt?«, fragte Eva, »Benno, du verstehst immer noch nicht; seit Jahren war kein Anwalt mehr bereit, sich von Feller beschimpfen zu lassen. Selbst Anwälte, die im Wege der Prozesskostenhilfe zu seiner Vertretung auf Kosten der Staatskasse bestellt wurden, haben das Mandat über kurz oder lang niedergelegt. Benno, versteh doch, solche Leute sind unbelehrbar, rechthaberisch, uneinsichtig und keiner Argumentation zugänglich. Sie akzeptieren die Gesetze nur, wenn sie ihnen nützen und kämpfen für ihre eigenen Vorstellungen von Gerechtigkeit. Sie machen die Justiz damit kaputt; sie sind die Parasiten des Systems …«.

»Nein, Eva, entschuldige, da muss ich dir widersprechen, so einfach ist das nicht«, nutzte Benno die Atempause Evas. »Als Anwalt sehe ich die Dinge anders. Wenn alles so grotesk ist, wie du sagst, dann frage ich mich, warum absurde Rechtsstreite nicht schnell und zügig entschieden werden. Das hat offensichtlich auch den Europäischen Gerichtshof für Menschenrechte zu seiner Entscheidung bewogen. Und hier kommen wir zur Achillesferse der Justiz. In Deutschland beharrt jeder traditionell auf seinem Recht und scheut sich nicht davor, dies gerichtlich durchzusetzen. Es ist völlig egal, in welcher Rolle man sich gerade befindet; in der des Eigentümers, Vermieters, Kleingärtners, Autofahrers, Radfahrers, Fußgängers oder Rentners. Jeder pocht auf sein individuelles Recht und klagt dies als Ausdruck seiner Selbstentfaltung notfalls ein. Das sind die Segnungen unseres Rechtsstaates. Und die sollten wir wegen Menschen wie Feller keinesfalls in Frage stellen. Querulanten sind nicht der »Störfall«; sie gehören einfach zum Rechtssystem dazu. Und je mehr Verfahrensrechte und Rechtsbehelfe geschaffen werden, desto extensiver werden sie davon Gebrauch machen. Das kann ihnen niemand vorwerfen. Solche Kläger müssen aber fair behandelt werden, wie jeder andere Bürger, der dem Gericht den Prozessstoff durch einen kompetenten Anwalt druckreif serviert. Da hilft es auch nicht, unbequeme Kläger von Medizinern als prozessunfähig einstufen zu lassen. Hat der Senat heute denn nun endlich eine abschließende Entscheidung in Fellers Verfahren getroffen?« stimmte Benno schließlich mit versöhnlicher Stimme an. Eva schien von Bennos Worten völlig überfahren zu sein. Sie wirkte müde, als sie antwortete »Nein, der Senat hat den Rechtsstreit vertagt, weil das Gutachten des Sachverständigen methodisch angreifbar schien, so dass der Senat wohl ein weiteres psychiatrisches Gutachten einholen wird ….«. »Na siehst du«, fühlte sich Benno vollauf bestätigt, »genau das ist die Krux. Euer Dauerkläger ist seit Jahren gerichtsbekannt.

Jeder Richter kann mit bloßem Menschenverstand beurteilen, ob Fellers Geisteszustand ihn noch befähigt, einen Prozess eigenverantwortlich zu führen. Ich bezweifele, ob es dazu wissenschaftlicher Gutachten bedarf. Und das ist die zweite Achillesferse der Justiz. Die Justiz ist keine wissenschaftliche Forschungseinrichtung. Justiz heißt, praktische Entscheidungen für Menschen zu treffen, ihnen entweder zum Recht zu verhelfen oder ihnen zu erklären, warum sie kein Recht haben. Und das kommt viel zu kurz, wenn ich immer wieder Urteile lese, die sich an Wissenschaftlichkeit geradezu übertrumpfen; dogmatische Auseinandersetzungen auf höchstem Niveau, die in eine Universität gehören. Was hilft es dem Kläger, der sein praktisches Problem geklärt wissen will? Es täte der Justiz gut, sich auf mehr Praktikabilität zu besinnen und sich den Menschen mehr zu öffnen ...«, setzte Benno seine Rede fort.

»Benno«, unterbrach ihn Eva verwundert, »ich glaube, du bist da auf dem falschen Gleis. Hast du denn nicht die Diskussion verfolgt, die vor kurzem in aller Munde war?« »Nein, was meinst du damit?« Eva erklärte: »Der Präsident des Bundesverfassungsgerichts hat im August dieses Jahres den Vorschlag gemacht, eine Mutwillensgebühr für absolut erfolglose Verfassungsbeschwerden zu verhängen, weil die Karlsruher Richter nicht so enden wollen wie ihre Kollegen beim Europäischen Gerichtshof für Menschenrechte in Straßburg, der inzwischen als das am meisten überlastete Gericht der Welt gilt. Die Richter des Bundesverfassungsgerichts möchten sich auf ihre eigentlichen verfassungsrechtlichen Aufgaben konzentrieren. Daher sollen von vornherein vollkommen aussichtslose Fälle herausgefiltert und von den Richtern möglichst ferngehalten werden. Ein Rechtspfleger soll anstelle eines Richters die eingehenden Klagen zuerst prüfen. Kommt er zu dem Ergebnis, dass an der Klage überhaupt nichts dran ist, teilt er dem Beschwerdeführer mit, dass das Gericht den Fall, oder besser gesagt den Unsinn, nur noch gegen eine Gebühr bearbeiten würde.« »Und hältst du das für eine gute Lösung?«, fragte Benno, »genau das ist doch der Punkt; sich auf die eigentlichen Aufgaben zurückziehen, heißt nichts anderes als Wissenschaft und Dogmatik im Elfenbeinturm zu betreiben, mit Sorgen und Nöten von Bürgern hat das wenig zu tun. Das Bundesverfassungsgericht ist aber ein Bürgergericht. Es besteht noch nicht einmal Anwaltszwang und steht daher für »Jedermann« offen. So sollte es auch bleiben, wenn nicht all der Respekt und das hohe Ansehen, das dieses Gericht genießt, aufs Spiel gesetzt werden soll. Für viele Menschen ist es doch die letzte Instanz, an die man sich wenden kann, wenn man gar nicht mehr weiter weiß.«

»Entschuldige Benno«, sagte Eva schließlich kraftlos, »ich glaube, dies ist nicht der richtige Zeitpunkt für solche Diskussionen. Ich muss wieder zurück ins Gericht. Ich danke dir, dass du dich um Mathilde gekümmert hast, für deine Mühe und die Prozessvertretung.« Sie schaute auf ihre Uhr. Es war mittlerweile fast halb neun und sie wusste, dass die Pressekonferenz mittlerweile vorüber sein musste.

»Ja gern, kein Problem«, antwortete Benno. »Entschuldige bitte, ich wollte keine Grundsatzdebatte mit dir führen« und wusste in dem Moment, dass er es wieder einmal gründlich vermasselt hatte. Anstatt Eva in dieser Situation Kraft zu geben, sie einfach reden zu lassen und ihr nur zuzuhören, hatte er mit ihr gestritten und ihr Dinge gesagt, die sie jetzt wohl am allerwenigsten hören wollte. Eva stand von ihrem Stuhl auf und sagte »Ich rufe dich an, wenn etwas mehr Zeit ist.« Dann begleitete er sie zum Ausgang und überlegte, ob er es wagen sollte sie zu fragen, ob sie Weihnachten schon etwas geplant hätte. Als Eva sich ihm am Ausgang zuwandte und sagte »Ich danke dir, Benno, bis bald« und ihm die Hand entgegen streckte, hielt er es für besser, sie heute Abend nicht mehr danach zu fragen. Er wollte keine Absage riskieren. Wenn sie morgen telefonierten, wäre dafür immer noch Zeit.

3

Es hatte wieder angefangen zu schneien. Als Eva ihren Mini vor dem Gericht parkte, lag das Gebäude unter einer dünnen Schneedecke. Im Innern des Gerichts war alles dunkel. Nicht vor den frühen Morgenstunden würden die Putzkräfte des Facility-Service diese Ruhe stören. Die Pförtnerloge war nicht mehr besetzt und auch auf der Präsidentenetage im ersten Obergeschoss brannte kein Licht mehr. Nachdem Eva mit ihrem Zentralschlüssel die Eingangspforte geöffnet hatte und die

Eingangshalle zum Fahrstuhl durchquerte, fiel ihr sofort das rot-weiße Plastikband auf, mit dem die Polizei jene Stelle abgesperrt hatte, an der Feller auf dem Steinfußboden aufgeschlagen war. Von dort wendete sie ihren Blick ab, als sie den Ort schnell passierte. Wenig später hatte sie ihr Büro erreicht. Sie schloss die Tür auf, knipste das Licht an, warf ihren Wintermantel über einen Stuhl und setzte sich an ihren Schreibtisch. Einen Augenblick hielt sie inne, schloss die Augen und genoss die absolute Stille, die jetzt im Gerichtsgebäude herrschte. Niemand außer ihr war mehr da. Auf der Mitte ihres Schreibtisches klebte ein gelber note-it Zettel, der die Handschrift der Präsidentin trug. Sie las, dass der Präsident sie gegen 19.00 Uhr zu einer Pressekonferenz im Justizministerium erwartete. Eva schaute auf ihre Uhr. Es war jetzt fast 21.00 Uhr. Sie überlegte. Für ein Telefonat nach England war es noch nicht zu spät. Von ihrem Dienstapparat aus wählte sie Mathildes Nummer. Als sich nach geraumer Zeit endlich die wohlvertraute Stimme ihrer Tante mit »Harris« meldete, sagte Eva nur »Mathilde, hier ist Eva. Kann ich über Weihnachten zu Dir kommen?«